yasashisa shik
na
do
mita
イラスト／日向あずり

ライム
カイン

セーラ
ニア

CONTENTS

序章 出会った二人

第1章 クエスト1：山の薬草

第2章 クエスト2：一角獣の万能薬

優しさしか取り柄がない僕だけど、
幻の超レアモンスターを助けたら懐かれちゃったみたい

ねこ鍋
ill 日向あずり

序章

出会った二人

yasashisa shika torie ga nai bokudakedo,
maboroshi no cho rare monster wo tasuketara
natsukarechatta mitai

不穏な影

草むらの中にモンスターの気配がある。

見た目にはなにもないけど、僕の直感がそこに誰かが隠れていることを知らせていた。

レベル1の僕は最弱モンスターのミニゴブリンにすら負けてしまう。

だから見えない敵の位置を察知する感覚は鍛えてあるんだ。

どんなに巧妙に擬態するモンスターでも必ず感知できる自信がある。そんな僕だからこそ気がつけたかすかな気配。

ここまで見事に隠れるなんて、確実に高レベルのモンスターだ。僕が戦って勝てる相手じゃない。

いつもなら回れ右をして一目散に逃げるんだけど、でも、なんかいつもとは違うものを感じて僕は足を止めた。

僕は他の冒険者のように強敵を倒したり、ダンジョンに入って稼ぐといったことはできない。

そのかわりに薬草の採取や、素材集めとかをして暮らしている。だからモンスターにはちょっと詳しいんだ。

そんな僕でも初めて感じる気配っていうのには、ちょっと興味があった。

それにモンスターの気配はあるけど、敵意は感じられない。襲われる心配はなさそうだ。

そーっと手を伸ばして草に触れる。

すると、草がまるで生き物のようにぶるるっと震え、黄金色に輝く不定形のモンスターになった。

「こ、これは……！」

現れた姿を見て思わず声が漏れてしまった。

見るのは初めてだったけど、黄金よりも黄金色といわれるその姿を見間違えるはずがない。

千年以上にもなる歴史の中で、目撃されたことがあるのは十数回程度。

退治されたのはたったの二回という超激レアモンスター。

ゴールデンスライムだ。

倒せば全ステータスがカンストするほどの経験値が手に入り、素材からは最強の金属であるオリハルコンが手に入る。目撃情報だけでも一生暮らせるほどのお金が手に入るくらいだ。

あらゆる魔術を無効化する完璧な擬態能力と、百万の軍隊で包囲した状態からでも逃げきれる逃走スキルを持つため、傷ひとつ付けることすら奇跡といわれてる。

そんな幻のモンスターが目の前にいた。

しかも怯えたように震え、逃げる気配がない。

どうやら怪我をしてるみたいだ。

だから擬態も完璧ではなくなり、僕にも見つけられたんだろう。

怪我のため逃げることもできず、隠れる物のない場所でプルプル震えている。なにこれかわいい。

……いやいや、そんなことを思っている場合じゃない。

世界最高のレア度を持つモンスターが目の前にいる。見つけるだけでも奇跡なのに、傷ついた今なら捕まえることだってできそうだった。

勇者を目指す冒険者ならこの場で倒してレベルを上げ世界最強となり、一攫千金を目指す商人なら生け捕りにして七代先まで遊んで暮らせるほどの高値で売るだろう。

それが大げさでもなんでもなく、本当にできてしまう。

目の前にいるのはそれほどの存在だった。

震えそうになる手を握りしめて緊張を押し殺す。

それからゴールデンスライムを刺激しないようにゆっくりと手を動かすと、腰のポーチからポーションを取り出した。

もちろん普通のやつじゃない。

一角獣の角を使って作る万能薬だ。

それはいま受けているクエストのために三日三晩森の中に張り込んでようやく手に入れたアイテムで、これひとつで家が一軒建つほどの高級品だけど、まったく気にはならなかった。

そんなクエストなんかよりも、目の前にいる存在のほうが重要だ。

迷うことなく栓をあけると、指先をナイフで少しだけ切り、血を一滴垂らす。

僕の血が入ったことで、万能薬は誰かが怪我をしたのだと勘違いし、傷を治そうと輝きはじめた。

一角獣の万能薬はあらゆる病を治してくれる薬だけど、こうやって使えばあらゆる傷を治してくれる治癒薬にもなるんだ。

それを目の前のスライムに振りかけた。

プルプルと震えていた体が止まる。

どうやら怪我も治ったみたいだ。

よかった。スライムにも人間と同じポーションが効くという自信はなかったんだけど、うまくいったみたい。

傷の治ったゴールデンスライムはその場で僕を見上げていた。

いやまあ、スライムの目がどこにあるかはわからないんだけど、不定形の体が少しだけ僕のほうに盛り上がった気がしたから、僕のほうに意識を向けてるんだと思う。……たぶんだけど。

「それじゃあね。誰にやられたかわからないけど、気をつけて帰るんだよ」

スライムに別れを告げて僕も家に帰ることにする。

倒せば莫大な経験値が手に入り、一生遊んでも使いきれないほどのお金が手に入る。世界中の冒険者が一攫千金を夢見て探している幻のレアモンスター。

でも、そんなの僕には必要ない。

レベル1でも十分生きていけるし、お金は多くないけど、今の生活に満足してる。

それになにより、いくらモンスターとはいえ、目の前で怯えてる子を放っておくほうができるわけないよね。

一角獣の薬を使ったことでクエストに失敗しちゃったのだけが心配だけど……。

せっかく依頼を回してくれたのに、セーラはきっと怒るだろうな。

謝って許してくれればいいけど、どっちにしろクエストはやり直しだ。

また取りに行かないとなあ。

一度帰ってまた準備しないと。

そんなときにふと、さっきの子はどんな毎日を送っているんだろうと思った。

世界中の冒険者から追われているというのは、僕なんかには想像もできないけど、きっと大変なことだよね。

やっぱり家も見つからないように偽装されているのかな。あの子の家もここから近いといいけど。

せめて今日くらいはゆっくりと休んで欲しい。

僕も早く帰って、久しぶりのベッドでゆっくり眠りたいな。

◇

彼女にとって人間は敵だった。

常に命を狙ってくるし、少しの痕跡でも見逃さずに追いかけてくる。

あぶり出すためだけに山に火を放ち、かすり傷を負わせるためだけに草原が荒野に変わるほどの魔法を放つ。

巻き込まれた動物たちの数は計り知れないだろう。自分のせいでどれだけの命が犠牲になったのかもわからない。

家族も散り散りになり、今では生きてるのかどうかさえわからなくなっていた。

安らげる場所なんてどこにもない。眠る時間さえ許されない。少しでも気を抜けば殺される。

いっそ死んだほうが楽だったかもしれない。

だけど彼女たちは強かった。

生半可な攻撃ではダメージひとつ与えられず、多少の傷なら無意識のうちに再生してしまう。

聞いた話だと、昔捕まった仲間は今も生きたまま捕らえられ、その体から取れるオリハルコンのために解剖と再生を繰り返しているらしい。

死ぬこともできないまま、永遠に切り刻まれる毎日。

考えただけでゾッとした。

もし捕まったら自分も同じようになると思うだけで気が狂いそうだった。

一睡もすることができない逃亡の旅と、絶え間なく襲う恐怖に駆られて、彼女は泣いた。

それでも声だけは出さなかった。人間たちはわずかな音さえ聞き逃さずに追いかけてくる。

だから、ただ静かに、小さな涙を流しただけだった。

それはほんのわずかな時間。

瞬きよりも短く、安堵の息すらつけない一瞬の時。

立ち止まり、涙を一滴こぼす、それだけの行為。

そんな一瞬の油断すら許されなかった。

人間たちの無差別攻撃がついに彼女の体を捕らえた。

なにをされたのかわからなかった。すさまじい痛みが体を貫く。まるで全身の神経を引きちぎり、無数の針を血管の中に流し込まれたかのような、この世の物とは思えない痛みだった。

彼女は走った。

泣きながら走った。

痛みでなにも考えられなくなった頭で、もうこんなのは嫌だと泣き叫びながら走った。

気がつけばどこかもわからない森の中にいた。

全力で逃げたためどれだけの距離を移動したのかもわからない。だが少なくとも人間たちの追跡は振り切ったようだった。

ほっと息をつく。

とたんに忘れていた痛みを思い出した。

体中を無数の針で貫かれているかのような、激烈な痛みだった。

無理をして走り続けたため、傷は思ったよりも悪化している。自己再生もうまくできなかった。

きっと力を封じる魔術的な何かをされたんだろう。

このまま放置していたら治るだろうか。それとも一生このままなんだろうか。気が狂いそうなほどのこの痛みが一生消えないのだとしたら……。

恐怖に体が震えたそのとき。

人間の足音が聞こえた。

心臓が音を立てて縮みあがった。

まさかこんなところまで追いかけてくるなんて。今の自分ではろくに逃げることもできない。

とにかく草に擬態して隠れることにした。

人間の足音が近づいてくる。

こっちにこないで……。

思いが通じたのか、足音が止まる。自分のことを見失ったのだろうか。ほっとため息をつく。

そのとき、人間の手が彼女の体に触れた。

捕まった。

早く逃げないと、と思うことすらできないほど、心が恐怖でいっぱいになった。

体が震えるのを止められない。擬態が解けていることさえ気がつかなかった。涙が滴となっていくつも地面に落ちる。

自分は人間に捕まるのだ。生きたまま何度も解剖され、そのたびに再生を繰り返し、永遠に切り刻まれ続けるんだ。

絶望で心が黒く染まる。

生まれた頃からいいことなんてひとつもなかった。人間に怯え、逃げ続けるだけの毎日だった。

思い返しても幸せな瞬間なんてひとつもない。

家族を失い、友達を作る暇もなく、わずかな休息さえ許されない一生だった。

必死に逃げ続けた挙げ句のこの結末が、わたしが生まれてきた意味だというのなら。

それが神様の定めた運命だというのなら。

それでもいい。その運命を受け入れよう。

だから神様、お願いです。

わたしにも幸せをください。幸せだと思える時間をください。

一度だけでいい。一瞬でもいい。それ以上は望まない。それさえ叶うのならばこの先どうなってもかまわない。

だからわたしにも、生まれてきてよかったと思える思い出をください。

わたし、文句なんて一度も言いませんでした。

どんなに過酷な運命でも受け入れてきました。

ずっといい子にしてたでしょう。

だから、だから一度くらい……。


一生に一度のわがままくらい、叶えてくれてもいいじゃない！


ぽたり、と。

彼女の体に水滴が触れた。

優しい光が傷を癒していく。

（……え？）

見上げた先に人間がいた。

今まで見てきたどの人間の表情とも違うあたたかな顔で何かを告げた。

人間の言葉はわからない。

だけど、どくんどくんと体中が脈打つのを感じる。

なにが起こったのかわからなかった。

どうして助かったのだろうとか、人間はすべて敵であることとか、そんなことがすべて頭から消え去ってしまうくらい、全身が熱くなっていった。

そんな気持ちになるのは初めてで、だからどうしたらいいのかわからず、ただじっと、去っていく人間の背中を見つめ続ける。
自分に向けられたあたたかな表情が、いつまでも記憶の中にこびりついていた。
優しい光が心までも癒していく。
全身の鼓動は鳴り止むことがなく、いつまでも高鳴り続けていた。

アーストの町

僕はスライムを助けた後、アーストの町に戻ってきた。

王都からも離れた場所にある田舎町だけど、そのかわりに物価は安いんだ。

だから僕みたいな底辺冒険者でもなんとか生活できる。

それに田舎だから不便かというとそんなこともない。僕みたいな人がたくさん移り住んできているから生活に困ることはないし、近くには大したモンスターもいないから、いたって平和な町だ。

一応町を囲む柵と門があるけど、門はいつも開きっぱなし。門番の兵士も一人しか立っていないくらいだ。

今日も一人で警備を続けている門番のおじさんが声をかけてくれた。

「ようカイン、クエストの帰りか？　ご苦労さん」

「門番のお仕事もご苦労様です」

「ご苦労なもんか。仕事なんてなにもないよ。平和なもんさ」

平和な町だから、門番の仕事らしい仕事はほとんどないって聞いたことがある。

だからすごい暇らしくて、誰かが通るだけでもこうしてうれしそうに話しかけてくるんだ。それに小さな町だから、町の人全員が知り合いみたいなものだしね。

「今回の旅は十日間か？　結構かかったんだな」

「一角獣の薬が必要だったので、少し遠出をしてました」

僕が答えると、門番のおじさんが驚いた。

「一角獣っていやA級モンスターじゃねえか！　ベテラン冒険者でもてこずるランクだろう。レベル1のカインが勝てるのか」

全部のモンスターには冒険者協会がつけたランクがある。

レベルの低い冒険者がいきなり強力なモンスターに挑むことがないようになってるんだ。

一番下がミニゴブリンのF級で、そこからランクが上がるごとに強くなっていく。

A級になると、修行もしてない村人が百人でかかっても勝てないような相手だ。

「もちろん僕なんかが戦っても勝てないです。でも一角獣は比較的大人しいモンスターですから。素材となる角の欠片をもらうだけならなんとかなるんですよ」

実際それで一度は万能薬を作ることにも成功したし。

「普通はそんなにうまくいかないと思うがね。相変わらずカインは器用というか、弱っちいくせにうまくやるよな」

「はは。弱いからこそですよ」

レベル1でスキルもない僕は、戦いになったらすぐに死んでしまう。

ミニゴブリンにすら勝てないくらいだからね。

だからとにかく戦いにならなくてもすむ方法ばかり練習していたんだ。

「俺はもう町を出て冒険なんて年でもないから、こうして話を聞くくらいしかできないんだけどな。

とにかく、クエストは成功したってことだな。万能薬って結構高いんだろ？　しばらくは冒険に行かなくても良さそうだな」

「いやあ、それがクエストには失敗しちゃいまして」

苦笑混じりに告白すると、おじさんが豪快に笑い飛ばした。

「はっはっは！　なんだよ驚かせやがって！　それは残念だったな！」

笑いながら僕の背中をバシバシと叩いてくれる。

この人なりの励まし方なんだろう。

変に神妙になられるよりは、笑い飛ばしてくれたほうが僕としても気が楽なのでありがたい。

「それにしてもクエストに失敗したってことは、カインの嫁がまた怒るんじゃないか。ちゃんとフォローしておけよ」

「嫁？　僕は結婚なんてしてませんけど……」

「いつも一緒にいる子がいるだろう」

誰だろうか。

思い浮かべてみて、一人だけ心当たりがあった。

「もしかしてセーラのことですか？　セーラはそんなんじゃないですよ。確かによくしてもらってますけど……」

「なんだ。まだくっついてなかったのか。おまえたちならお似合いだと思うんだがな。とにかく謝るなら早い方がいいぞ。ほら、とっとと行ってこい」

なんか勘違いをされたまま送り出されてしまった。

うーん。僕とセーラは本当にそんなんじゃないんだけどなあ。

苦笑しながら町の門をくぐると、懐かしい景色が広がった。

取り立てて話すようなこともない本当に普通の町なんだけどね。それでも僕の故郷だ。十日ぶりともなれば、やっぱりどこか感慨深い。

僕の家は町のはずれにある。

早く帰って旅の疲れをとりたいけど、まずはセーラの店に向かおうか。

おじさんに言われたからってわけじゃないけど、クエストに失敗しちゃったのは確かだし、そういうことは早めに報告しないとね。

セーラの店は町の中心部にある。

一番人が集まりやすい町の一等地だ。

扉を開けると、今日も繁盛してるみたいで、たくさんのお客さんが入っていた。

セーラの店は商品を売るような普通のお店じゃなくて、いわゆる「クエスト屋」だ。

他の人からの依頼をセーラが受けて、それを達成できそうな別の冒険者に斡旋するんだ。

だから、仕事を探しにきた人でいつもにぎわっている。

それは人が集まりやすい町の中心部にあるおかげもあるんだろうけど、セーラの持つ「スキル」によるところも大きい。

相変わらずのにぎわいに僕が感心していると、カウンターの奥から店の制服を着た女の子が声をかけてきた。

「お帰りなさいカイン」

「やあセーラ。ただいま」

この子がこの店の店主のセーラだ。

勝ち気な瞳を大きく見開き、今日も元気に働いている。

いつも忙しいのに、わざわざ手を止めて話しかけに来てくれたみたいだ。

「今回はずいぶん時間がかかったのね」

「うん。少し遠かったからね」

一角獣の生息地は限られてる上に警戒心が強いから、数十キロも先の人間の気配を感じるだけで逃げ出してしまう。

だからどうしても時間がかかってしまうんだ。

「それで、目的の物は手に入れたんでしょ？」

まるで成功して当然、というような聞き方に少し胸が痛くなる。

せっかくの信頼を裏切る形になってしまった。

「それが実は失敗しちゃって……」

クエストの失敗を伝えると、セーラが目を丸くした。

「失敗した？　クエスト成功率95％以上のカインが？　珍しいこともあるのね」

驚いてから、あわてたように僕の体を調べはじめた。

「もしかしてケガとかしたの!?　カインは弱いんだから無理はしちゃダメなんだからね！」

「ありがとう怪我は大丈夫だよ。実を言うと薬は手に入ったんだ。ただそのあと使っちゃって……」

「使った？　やっぱり毒か何かに……」

「いや、僕じゃなくて、その……途中でケガをしてるモンスターを見つけてね。その子に使ってあげたんだ」

「……え？　モンスターに使ったの？」

さすがにそのモンスターが幻の超レアモンスターだったことは黙っておく。

セーラを信用してないわけじゃないんだけど、ここには他のお客さんも多い。

ゴールデンスライムがいるなんてわかったら世界中の軍隊が殺到するはず。そうなったらあの子が逃げられないかもしれないからね。

「だからクエストには失敗しちゃって……。あの、ごめんね」

顔色をうかがいながら謝る。

てっきり怒るかと思ったら、セーラは声を上げて笑い出した。

「あははははは！　一角獣の万能薬を通りすがりのモンスターに使うなんて聞いたことないわよ！　あれひとつで家が一軒建つって知ってるのよね？」

「うん、まあ、いちおう」

「知ってて使うなんてカインくらいでしょうね。ふふ、それもアンタらしくていいじゃない」

「……あの、怒らないの？」

セーラの仕事はクエストを代わりに受けることだ。

だから僕が失敗すると、セーラも失敗したことになる。元の依頼人にも謝らないといけなくなる。

僕の失敗は僕一人だけの責任では終わらないんだ。

でもセーラは明るく笑い飛ばしてくれた。

「一角獣の万能薬を手に入れるのが難しいのはわかってたしね。相手もA級クエストが必ず成功するなんて思ってないだろうし、説明すればわかってくれるでしょ」

簡単に言うけど、それが簡単じゃないことは僕もよくわかっている。

でもセーラにはそれができる。

それは「交渉」のスキルを持っているからだ。

人は誰でも生まれたときからいくつかのスキルを持っている。

それはひとつだったり、数十個だったり、とても強力なものだったり、なんの役にも立たなかったりと人それぞれなんだけど、とにかくなにかしらの才能がある。

セーラの「交渉」はその名の通り、交渉を有利に進めるものだ。

誰が相手でも有利に交渉を進めることができる。

もっともセーラの場合は、その明るい性格とかわいい顔立ちだけでも十分に有利になると思うんだけど。

もしかしたら、それをふまえての「交渉」スキルなのかな？

僕はスキルを持ってないからその辺の細かいところはよくわからないけど。

「それよりほら、カード出して」

セーラが手を伸ばしてきたので、僕は首を傾げた。

「カードって、冒険者カードのこと？」

「もちろんじゃない、他になにがあるのよ」

冒険者カードとは冒険者協会が発行してくれる、色々な情報が記録されたカードのことだ。

クエストの達成状況を記録したり、報酬を振り込むことだって可能になってる。

逆にクエストの失敗記録や、犯罪歴などを記録してブラックリストに載せることもできるんだ。

成功の記録だけじゃなくて、失敗の記録もちゃんと残る。だから冒険者カードは信頼できるんだ。

僕は冒険者カードを手渡した。

失敗は失敗だ。信用を失うことは僕にとっては死活問題だけど、これぱっかりは仕方ない。

またいちからがんばろう。

セーラは受け取ったカードを持ってカウンターに向かうと、専用の魔導具を使ってなにかの操作を行った。

「はい終わったわよ」

返ってきたカードを見て驚いた。

失敗したはずのクエストの報酬が振り込まれていたんだ。

「そんな、失敗したのに悪いよ」

「依頼報酬よ。失敗しても一部は支払うって最初に説明したでしょ」

そういえばクエストを受けたときにそんな説明をされた気がする。

まさか本当にもらえるなんて思ってなかったけど。

「だいたいお金ないくせに拒否できる立場でもないでしょ。普段は受けないようなこんな高難度クエストを受けたのも、貯金がなくなって家賃すら払えなかったからじゃなかったっけ」

「う……。まあ、お金に困ってるのは確かにその通りだけど」

「それじゃあ文句を言わずに受け取りなさい。どうしても後ろめたいなら、稼いだときに返してくれればいいから」

笑顔で強引にそう言われてしまっては僕も断れない。

それともこれも、セーラの持つ「交渉」のスキルの力なんだろうか。

「わかったよ。このお金はありがたく受け取ることにする」

「そうそう。人の厚意は素直に受け取っておくものよ」

「そのかわりお金持ちになったらちゃんと返すから」

「なら期待しないで待ってるわ」

軽くあしらわれてしまった。

僕は冒険者カードに視線を落とす。

そこに書かれてるのは振り込まれた金額だけじゃない。僕のステータスも記載されている。

僕は他の誰よりも余白が多い。

レベルが1なだけじゃない。

普通の人になら誰でもひとつはあるはずのスキルが、僕にはひとつもなかったんだ。

誰でもひとつはスキルを持って生まれるし、どんなに使い道がないように思えるスキルでも、使い方次第では最強になれる可能性を秘めている。

スキル鑑定は、昔の冒険者協会が開発した、その人の適正を調べることができる画期的な技術だ。

剣技のスキルを持っていれば傭兵や冒険者になるのがいい。魔法なら魔法使いだ。料理関係のスキルがあるなら料理人になるのがいいし、クラフトや鍛冶系のスキルがあるなら言うまでもない。

セーラは「交渉」のスキルを持っていた。なのでこうしてお店をはじめたんだ。

有利な条件で交渉できるスキルがあるためお店は繁盛している。

スキルを調べ、自分にあった職業を選ぶことで、誰でも幸せな人生を送れるようになったんだ。

そのおかげで冒険者協会は全国に支部を作ることができたし、世界中の国も飛躍的に発展することができたって聞いている。

スキルにあった職業を選ぶというのは、それだけすごいことなんだ。

でも、僕にはなにもなかった。

スキル鑑定を行ってもなにも表示されなかったんだ。

冒険者ギルドにあるスキル鑑定装置には、今までに発見されたことのあるすべてのスキルが登録されている。

スキル鑑定がはじまったのはもう何百年も前だ。

だからどんなにレアなスキルでも必ず見つけられる。

そのスキル鑑定でも見つけられなかったってことは、僕にはスキルがないってことなんだ。

それはとても珍しいことらしく、何度も検査を受け直した。

でも結果は同じだった。僕は、誰にでもひとつくらいはあるはずの取り柄がひとつもない、世界で最も無能な人間だったんだ。

だから誰にでもできる素材採取の仕事をすることにした。

依頼された素材が手に入る場所に行って、取ってくるだけの簡単なお仕事だ。誰にでもできる。スキルのない僕にうってつけの仕事ってわけなんだ。

戦闘もしなくていいから、レベルも1のまま。

そのことに不満はない。戦うのは苦手だし、たとえモンスターだとしても、傷つけるようなことはできるだけしたくないから。

そんな僕が貧乏ながらもなんとかやっていけてるのは、セーラが僕にクエストを回してくれているからだ。

門番のおじさんみたいに僕とセーラが付き合ってると思ってる人は多いんだけど、セーラのように才能を持つ人と、僕みたいに才能のない人間は釣り合わないし、もったいないって思う。

セーラにはもっといい人がいるはずだよ。

「まあがんばるよ。僕にはそれくらいしかできないからね」

「そんなことないわよ。アタシはカインにはすごい才能があるってちゃんと知ってるわ」

卑屈な僕に対して、セーラはいつもそう言ってくれる。

「だって、他の誰もやらないようなクエストでも引き受けて、ちゃんと達成してくるじゃない」

「今回は失敗しちゃったけどね」

「今さら一回くらい失敗したところで、成功率95%以上の実績は変わらないんだから心配することないわよ。しかもその一回も、失敗して当然のA級クエスト。それで評価を下げる人なんていないわ。そもそも何でこんなクエスト受けたのよ」

「これだったら僕でも戦わずにクリアできそうだなって思ったから」

「Ａ級クエストを戦わずにクリア、ね。自分で言ってることの意味を分かってるのかしら」

「どういうこと？」

「カインがどう思ってるのか知らないけど、一角獣の万能薬は超希少なのよ。一流の冒険者だって見たこともない人はたくさんいる。それくらい手に入れるのが難しいの。

　それをレベル１で、しかもスキルをなにも持たないカインが手に入れるほうがすごいんだからね。そもそも失敗したのだって途中でケガをしていたモンスターに使ったからなんでしょう。クエスト自体は成功してたわけじゃない」

　セーラはカウンターから身を乗り出して、僕の顔に指を突きつける。

「つまり、カインに足りないのはスキルじゃなくて、プロ意識！　クエストの帰り道にクエストの依頼品をしかもモンスター相手に使うなんて聞いたことないわよ！」

「あはは、ごめん」

　それを言われると返す言葉もない。

　セーラもすぐに身を引いてくれた。

「ま、それがカインのいいところでもあるんでしょうけど。アンタはきっとあれね、スキル『優しさ』でも持ってるんじゃないの」

「どうせならもっと役に立つスキルがよかったなあ」

「なに言ってるの。最高のスキルじゃない。アタシもそういうカインが好きなんだし」

「……え？」

聞き間違いかな？　今僕のこと好きって……。

「あ……」

自分の言葉に気がついたのか、セーラの顔がだんだんと赤くなっていく。

どうやら聞き間違いじゃなかったみたいだ。

あわてたようにわたわたと手を振り回す。

「い、今のはその、あれよ！　好きっていってもそういう意味じゃないから！　カインの優しいところがアタシは好きってだけでその、ああえとちがくて……いや違わないんだけど、とにかくそういう意味じゃないから！」

「あはは。大丈夫、わかってるよ」

僕には優しさくらいしか取り柄がないからね。

セーラもそういうところが好ましいと言ってくれてるんだろう。

「……わかってもらえるのも複雑なんだけど……」

なんだか不満顔で僕を軽くにらんでくる。

「ま、とにかくその話はもういいわ。長旅で疲れてるでしょうから今日はもう休みなさいよ」

「うん。そうさせてもらうよ。クエストはまた今度挑戦するから」

場所はわかってるからもう一度行くだけだ。今度は失敗しないはず。たぶんだけど。


家に戻ってきたのは十日ぶりだ。

僕の家はあまり広くない。

稼ぎの少ない僕にとっては、町のはずれにあるこの狭い家でもなんとかギリギリ家賃が払えるくらいなんだ。

両親もいなくて一人暮らしだから、このくらいでちょうどいい。

でもなんだか今日は、この狭い部屋をいつも以上に寂しく感じてしまった。

理由は……なんとなくわかってる。

もう慣れたつもりだったけど、やっぱりスキルがない無能力者って現実を見せられると落ち込んでしまう。

他人と自分を比較しても意味ないのはわかってるつもりなんだけど……。

久しぶりのベッドに体を投げ出した。

壊れかけの物を安く買って自分で修理したものだから大したものじゃないんだけど、それでもずっと寝袋だったから安物のベッドでもすごく寝心地がいい。

このまま眠ってしまいたかったけど、帰ってきたばかりで色々やることはたまっている。

まずはそれを片付けてから……。


……目を開けると夜だった。

どうやらベッドに横たわった一瞬で眠っちゃったみたいだ。

窓の外はすでに真っ暗。自分でも思ってた以上に疲れてたのかな。

やるべきことは結局なにひとつしてないけど、お腹もすいたしまずはご飯にしよう。

といっても凝ったものを作るつもりはないんだけど。

クエストに持って行った保存食用の燻製肉を鍋に入れ、保存しておいた野菜などを一緒に入れる。

あとは火にかけるだけだ。

味付けも何もないし水も必要ない。

でも煮詰めた野菜から出た水分と、燻製肉の塩分がちょうどいい味付けになってくれるんだ。

肉の味と塩味と野菜の出汁《だし》が効いて、火にかけてしばらく待つだけでお手軽なスープが出来上がるんだよね。

手軽で安いからよく作る得意料理のひとつだ。

スープができるのを待つあいだにやるべきことを済ましてしまおう。

部屋の掃除とか、また一角獣のところに行かないといけないからその準備も必要になる。

セーラからのクエスト報酬は遠慮しそうになったけど、実を言えばすごく助かってるんだ。

このお金がなかったら準備どころか、来週の家賃さえ怪しかったからね。

明日からのやるべきことを考えながら色々と準備してると、家の扉をノックする音が聞こえた。

「誰だろう？」

外はすでに真っ暗だ。こんな時間に訪ねてくるような人はあまりいない。

いるとしたらセーラだけど、だとしてもこんな夜には来ない気がする。明日でもいいんだし。

悩んでいたらもう一度ノックをする音が聞こえた。

「はーい、今開けます」

返事をしてドアに向かう。

誰だかわからないけど、開ければわかるよね。

明らかに貧乏だってわかる僕の家に強盗なんか来るわけないだろうし。

「はい、どちら様でしょうか……」

扉を開けた僕は、目の前に立っていた人物を見て硬直した。

そこにいたのは女の子だった。

おとぎ話に出てくるエルフのようにキレイな女の子で、しかもなぜか全裸だった。

だけど不思議と恥ずかしさは感じない。

それはきっと目の前の女の子が、あまりにも美しすぎたからだと思う。

白い肌は大理石のようになめらかで、澄んだ瞳は水晶のように輝いている。

そして何よりも目を引いたのが、腰まである金色の髪。

黄金を梳《す》いたかのようにきらめく金髪は、風もないのに静かにそよぎ、月明かりを反射しながらゆらゆらと揺らめいている。

この世のものとは思えないほど完璧に整った姿。

神様が作った彫刻だと言われたら信じてしまうかもしれない。

それくらいに美しくて、神秘的な女の子だった。

ほんと、キレイな子だなあ……。

なんて思っていたら、女の子の顔がぱあっと明るくなる。

神秘的な姿とは正反対の明るい表情を浮かべると、そのまま飛びついてきた。

「やっと会えました！」

「ええっ!?　あの、ちょっと……！」

満開の笑顔を僕の胸に押しつけるようにして力一杯抱きついてくる。

いきなりのことになにがなんだかわからない。

とにかく振りほどこうとしたんだけど、女の子の腕は僕よりも細いのに、まったく振りほどけなかった。

僕の力じゃびくともしない。

こんな細い腕のどこにこんな力があるんだろう。

「えっと、その、君とはどこかで会ったことがあったっけ?」

一度でもこんなに美しい子を見たら一生忘れない自信がある。

だから絶対に初対面だと思うんだけど、女の子は僕を知っているみたいだった。

「はい! 以前に助けていただきました!」

そう言いながら鼻先が触れるほどの距離まで顔を近づけてくると、子供みたいに無邪気な笑みを浮かべた。

神様の彫刻みたいに美しいのに、そういう表情を見せるだけで子供みたいにかわいらしくなる。

そのギャップに思わず見とれてしまった。

スキル「美人」なんてのがあるとしたら、まちがいなくこの子が持ってるだろう。

それにしても、助けた?

こんなにかわいい女の子を助けたことなんてあったかな……。

「あの、まだ思い出せなくてごめんね」

「いいえ、謝らないでください! いきなり押し掛けたわたしが悪いですし、この前とは姿が少し違ってるので、そのせいかもです……」

女の子が申し訳なさそうにうつむく。

無邪気な笑顔もすっかり曇っていた。

ずいぶんころころ表情が変わる子なんだな。

「えっと、それで僕になにか用かな……？」

僕が助けたらしいし、もしかしたらお礼とかだろうか。

だとしたら勘違いかもしれないから、もっとよく話を聞かないといけない。

女の子がうつむいていた顔を勢いよく上げた。

「はい！　実は頼みたいことがありまして。わたしと……えっと……人間の言葉ではたしか……」

思い出そうとするように首をかしげる。

そんな仕草もやっぱり幼い女の子みたいでかわいらしい。いったいどんなお願いをされるんだろう。

「あっ、思い出しました！」

そう声を上げると、再び子供みたいな笑顔に戻って僕に告げた。

「わたしと交尾してください！」

「……ええっ！　な、なんでっ!?」

突然の交尾宣言に思いっきりうろたえてしまった。

でもそれはしょうがないと思う。誰だって初対面でいきなりそんなことを言われたら驚くに決まってるよ。

「というか、こ、交尾って、どうしていきなりそんな……やっぱり誰かと間違えてるんじゃ……」

こんなにかわいい女の子の知り合いなんていない。

すれ違っただけでも忘れそうにないくらい印象的な女の子だ。

絶対に初対面だって断言できる。なのに。

「そんなことないです！」

すでに鼻が触れている顔をさらに押し付けて力いっぱい否定してきた。

近い近いって。

「あなたでまちがいありません！　この匂い、この体温、なにより肌にふれるこの感触！　全身の細胞があなたに反応してるんです！

ああ、今でも思い出します……。わたしの中にあなたが入ってきたときの感覚を……。とても衝撃的で、一生忘れられません……。まさに運命の出会いでした……」

うっとりとつぶやく。

匂いとか体温とか、なんだか獣みたいな見分け方だな……。

いやいや、そんなことよりも。

「と、とにかくまずは手を離してよ」

さっきからずっと女の子の細腕が僕を抱きしめていて、身動きが取れなかった。

女の子が慌てて腕を離す。

「あっ、ごめんなさい！　あなたに会えたことがうれしくてつい……！」

「そ、そうなんだ……」

こうして改めて見ると、目の前の女の子はやっぱりとんでもなくかわいかった。

そんな子にストレートに会えてうれしいなんて言われると、どうしても恥ずかしくなってしまう。

「わたしけっこう力が強いみたいですね。大丈夫ですか？」

さっきまでのうれしそうだった表情が一転して、心配そうな顔で僕のことをのぞき込んでくる。

表情がころころと変わる女の子を見ていると、なんだか僕の表情まで緩んでしまう。

見た目はすっごい美少女で身長も僕より少し低いくらいだけど、なんだか幼い女の子を相手にしてるような気持ちになってくるんだよね。

そんな事を考えながら女の子を見ていたら思い出した。

女の子が全裸なことに。

「と、とにかくまずは中に入って！」

女の子の腕を取って家の中に連れ込む。

見ようによってはすごく犯罪的なシーンの気もするけど、裸の女の子を家の前に立たせておくわけにもいかない。

「もしかしてその格好でここまで来たの？　どうして服も着ないで……。あっ、もしかしてなにか事件に!?」

僕が心配してたずねると、女の子はきょとんとした顔になった。

「服、ってなんですか？」

「ええっ、そこから!?　服は、服だと思うけど……」

女の子があまりにも自然な様子で聞き返してきたので、僕のほうが自信がなくなってきた。

服って、服だよね？

服を知らないなんて、そんなことある？

「と、とにかく、僕のだけどこれを着てよ」

女の子を見ないように顔を背けながら、僕のシャツを渡す。

受け取った女の子はそれを、まるではじめてみた物のようにあちこち眺めていた。

「これが服ですか……。このままではダメなんですか？」

「うん、まあ、そうだね。普通は裸のまま出歩く人はいないよね」

「確かに人間はみんな体に変なものをまとわりつかせてますね」

「変なものって……」

なんでこんな常識的なことで議論しないといけないいんだろう。

女の子はしばらく僕のシャツを引っ張ったり裏返したりしながら確認していたけど、ようやくそでを通してくれた。

裸にシャツを一枚はおっただけの結構きわどい姿なんだけど、少し大きめのサイズだったおかげで隠さなきゃいけないところは何とか隠せたみたいだ。

これでようやく前を向いて話せるよ。

「それで、君は誰なの？　申し訳ないんだけどまだちょっと思い出せなくて」

「今の姿は前に助けてもらった時とは違うので、わからないかもです。これでどうですか」

そう言うと、いきなり女の子の体が溶けはじめた。

「え、ええっ!?　ちょっと大丈夫!?」

思わず叫んじゃったけど、どう見たって大丈夫じゃない。

美しかった女の子の体はあっというまに溶けてなくなってしまった。

床に残されていたのは持ち主を失った僕のシャツと、金色に輝く水たまりだけ。

その黄金以上に黄金色な姿にはとても見覚えがあった。

「もしかして……このあいだのゴールデンスライム……？」

スライムの見分けはつかないけれど、ゴールデンスライムなんて僕の人生で一度しか会ったことはない。

「はい、そうです！　おかげで傷もすっかり治りました！」

うれしそうな声と共に金色の水たまりが重力に逆らって盛り上がり、先ほどの女の子の形に戻る。

その姿はどう見ても人間そのものだった。

そういえば、ゴールデンスライムはどんなものにでも完璧に擬態できるんだっけ。

ということは当然、人間にも完璧に擬態できるってことなのか。

「……って、なんでまた裸なの！」

姿を自由に変えられることに驚いて気がつかなかったけど、女の子はまた裸に戻っていた。

女の子はきょとんとしてから、思い出したように自分の体を見下ろす。

「あっ、そうでした。どうもわたしにはその、服を着る？　ですか？　そういう習慣がないので……。ええっと、これでいいですか？」

女の子の素肌が水面のように揺らめくと、白い肌をおおうようにして服が現れた。

「ここに来るときに見た人間のを参考にしたんですけど、あってますか？」

「う、うん。それなら大丈夫だよ。よく似合ってる」

「ありがとうございます。人間のことはよくわからないですけど、ほめられるのはうれしいです！」

町でよく見かける服だからなにも変わったところはないんだけど、この子が着るだけでなんだか輝いて見える。

というか、よく見たら金色の髪が本当にうっすらと輝いていた。

風もない室内でもかすかに揺らめいている。

もしかしたら、うごめいている、って表現のほうが近いのかもしれないけど。

「……それにしても、本当にゴールデンスライムなんだね……」

目の前で変化したから疑ってるわけじゃないんだけど、それでもやっぱり信じられない。

「言葉もやっぱり、擬態の能力で話せるようになったの？」

「そうみたいですね。今まで人間の言葉はわからなかったのですが、人間になったら話せるようになりました」

なるほど。そういうものなんだ。

姿だけじゃなくて、知識もある程度得られるからこその完璧な擬態なのかもしれないね。

といっても服を知らなかったりするみたいだし、生活習慣までは完璧じゃないみたいだけど。

僕が納得していると、女の子がうっとりとした表情で僕を見つめてきた。

「実はこれまで人間に擬態する事はできなかったんです。でもあなたに助けていただいて、あなたの元に行きたいと願ったら、こうして姿を変えることができました。きっと神様のお導きです！」

そう言われると、確かに運命のような気もしてくるけど……。

そこでふと気がついた。

「そういえば君の名前は？」

「あ、ごめんなさい。ドャユッチュルムプッュチァです」

なんだろう。今なんだかすごい音が聞こえた気がする。

「……。うん。もう一度言ってもらっていいかな」

「ドャユッチュルムプッュチァです。……人間の口だと少し発音が難しいですね」

人間の姿になった女の子が口をもごもごと動かしている。

確かに、名前というよりは、水の泡が弾ける音みたいだったけど。

スライムだと言いやすい名前なのかな。

「あの、よければ新しい名前をつけてほしいです。わたしのはあまり人間っぽくないと思うので」

「え？　名前を僕がつけるの？」

「はい！　ぜひアナタにつけていただきたいんです！」

「と言われてもなあ……」

親でもないのに僕なんかがつけていいのだろうか。

とはいえ名前がないのも確かに困る。

さっきのは僕にはとても発音できないだろうし。

「それじゃあ……。ライムとかでどうかな。スライムだからライムで」

安直すぎるかな。と思ったけど、女の子はとても気に入ったようだった。

「ライム……。はい、とてもいいです！　大事にしますね！」

「そんなに大したものじゃないけどね。喜んでもらえてよかったよ」

「それでアナタのお名前はなんでしょうか？」

「え？　ああ、そうか。そういえば自己紹介してなかったね」

ライムのほうから押し掛けてきたし、てっきり教えたつもりになっていた。

「僕はカインだよ。よろしくね」

「カイン様……。はい、よろしくお願いします！」

まるで大事なものをそっと胸にしまうように僕の名前をつぶやくと、満面の笑みを浮かべた。

「あはは、カインでいいよ。様なんて付けられるほど偉くもないし」

「そんな！　カイン様は命の恩人ですし、それに、わたしの運命の相手なんです！」

「そんな大層なものじゃないんだけど……。せめてカインさんにしてくれないかな」

「そうですか……。わかりました……」

しゅんとうなだれてしまう。そこまで僕のことを様付けで呼びたかったのかな。

なんだか悪いことをした気になってくるけど、様付けで呼ばれるのもなんだか落ち着かないし、しかたないよね。

「それで、どうして僕のところに？」

そういえば、僕と交尾したいみたいなことを言ってた気がしたけど……。

「カインさんは傷ついたわたしを助けてくれました」

「うん。そうだね」

確かにあのときのライムはすごく弱っていた。

だから恩返しにきた、ってことかな。

「わたし、今まで人間にずっと追われていたんです。出会う人はみんなわたしのことを殺そうとしてきて……」

「そう、かもしれないね……」

ゴールデンスライムは世界でも有数のレアモンスターだ。

倒すだけで100億もの経験値が手に入ると言われることもある。

冒険者協会がつけるモンスターランクは、世界でも唯一のSSSS級だ。

千年を超える歴史の中で、倒した数はたったの二体だけだから本当かどうかわからないけど、勇者と呼ばれる人たちはみんなこのゴールデンスライムを倒してレベルを上げたといわれてる。

だからゴールデンスライムを探してる人は世界中にいるんだ。

「あのときのわたしはもう疲れていて、逃げることさえできませんでした。わたしはここで捕まってしまうんだ。本気でそう思いました。でも、そんなのはイヤで……。だから神様に一生のお願いをしたんです。わたしに今日まで生きてきた意味を、幸せな思い出をくださいって……」

ライムが輝くような瞳で僕を見つめた。

「そこに現れたのがカインさんでした」

「それは……ただの偶然だよ」

実際それは本当にただの偶然だ。

もし神様が僕たちを出会わせたのだとしても、それ以上の意味はない。

レベル1でスキルもない無能力者の僕が誰かの運命の相手だなんて、なれるわけないよ。

でもライムは勢いよく首を振った。

「カインさんに会えたのは偶然かもしれません。神様はわたしのことなんか見てなくて、一生に一度のお願いも無視したかもしれないです。でも、カインさんはわたしに優しくしてくれました。そんな人間は初めてで、それでカインさんのことを好きになってしまったんです」

「そ、そうなんだ……」

つい恥ずかしくなって視線を逸らしてしまう。

こんなストレートに告白されたのは初めてだから、どうしていいかわからない。

そうしていると、ライムがもじもじと体をよじりはじめた。

「それに……優しくしてくれたと思ったら、急に体液をわたしの中に入れてきて……。こんな強引に種付けされるなんて思わなくて……そのギャップにキュンキュンしてしまったと言いますか……」

……うん？　なんか思ってたのとはちょっと違ってきたような？

「わたしの初めての種付けはカインさんに奪われてしまいましたし、そんなにわたしと繁殖したかったのかなって思ったら、とってもドキドキしちゃって……、もうこの人と交尾するしかないって思ったんです！」

「しないよ！　交尾なんてする訳ないよ！」

「でも、カインさんはわたしの体に強引に体液を注入したじゃないですか」

体液って、もしかして万能薬に混ぜた僕の血のことかな？

「あれはライムの傷を治すために必要だったから……」

「相手の体に自分の体液を流し込むことは生殖行為をしようって合図ですよね？」

「人間にそんな習慣はないよ！」

「でもでも、あのときからすっかり受精モードに入ってしまって……、今ではカインさんの匂いをかぐだけで細胞分裂が止まらないんです！」

「そんなこと言われても……」

「大丈夫です！　痛くしませんし、すぐに終わりますから！」

ライムがまったく信用できないことを言いながら僕を押し倒した。

玄関前で抱きついたときもそうだったけど、意外に力が強いため僕なんかではとてもふりほどけなかった。

ゴールデンスライムは取得経験値が高い。

ということはつまり、ライムのレベルも高いってことなんだろう。

さすが世界で唯一のＳＳＳＳ級モンスターだ。

なんて言ってる場合じゃない。

そうこうしてるあいだに、はあはあと息の荒くなったライムが迫ってくる。

体もなんだかちょっと溶けていて、崩れた服のあいだから素肌が見えはじめていた。

「痛いのは最初だけです。すぐに気持ちよくなりますから、わたしに任せて目を閉じててください」

「そ、そんなのダメだって！」

とっさに腕を伸ばした。

突き飛ばすような格好になってしまったけど、僕の手のひらはライムの体に当たると、溶けて柔らかくなっていた彼女の体内にそのまま埋もれてしまった。

「ひぁっん!?」

ライムの口からかわいい声がもれる。

「い、いきなり中に入れないでくださいぃ」

「あ、ご、ごめん！」

あわてて腕を引き抜こうと力を込める。

ライムの体内は柔らかくて温かく、少し動くだけで全身が僕を締め付けてくる。引き抜こうとしてもなかなか上手くいかなかった。

なんとか腕を抜こうと体を動かすたびに、ライムの口から声が漏れる。

「あっ……あっ……らめぇ……中でかき混ぜるのらめれすぅ……」

まるで喘ぐような甘い声だった。

痛そうではないけど……、やっぱり体の中に手なんて入ったらいい気分じゃないよね。早く出してあげないと。

そう思って、ライムの中に入った僕のモノを強引に動かした。

「ひゃあっ!?　そ、そんないきなり激しくするなんて……」

「待っててライム。すぐに出してあげるから……っ」

「んっ……ふあぁ……カインさんのおっきいのでわたしの中ぐちゃぐちゃにされちゃってますぅ……」

締め付けてくる柔肉をかき混ぜるように、僕のモノを前後に激しく動かす。

はじめは硬かったライムの体内も、徐々にほぐれてきた。おかげで僕の腕も少しずつ抜けてくる。

「よし、もうすぐ出そうだ……。そろそろいくよ!」

「らめれす……これ以上激しくされたら、あたまおかひくなっちゃいますぅ……!」

「でも、もうすぐ……ううっ、もう我慢できない、出すよライム!」

「ふわあああああああっ!!!!!!」

僕が腕を引き抜くと、ライムの口から嬌声が漏れる。

そのまま荒い息と共に床に横たわった。

力なく崩れた表情が少しだけ不満そうに僕を見る。

「もう……らめっていったのに、カインさんはいつも強引です……」

「ご、ごめん。ライムが苦しいかもって思ったら、つい……」

素直に謝ると、ライムもほほえんだ。

「ふふ、冗談です。カインさんを感じられてうれしかったです……。きっとこれが人間の幸せなんですね……」

床に力なく横たわり、上気した表情でうっとりと僕を見つめてくる。

……なんだろう。

はまった腕を抜いただけなのに、なんだかとてもイケナイことをした気分になってくるなあ。

事後はとてもお腹が減るので

ぐったりしていたライムだったけど、急に起きあがると、きょろきょろと周囲を見はじめた。

「どうしたの？」

「どこからか、とてもいい匂いがします」

「ああ、そういえばスープを作ってたんだっけ」

「すーぷ？」

ライムが来てから色々あったからすっかり忘れてたよ。

台所に戻ると、鍋がちょうどいい具合にコトコトと音を立てていた。

ふたを取るといい匂いが部屋いっぱいに広がる。嗅いだだけで口の中によだれがあふれてきた。

どうやらちょうどいいタイミングだったみたいだ。

後ろからのぞき込んできたライムが表情を輝かせる。

口には出さなくても、なにを思ってるかは手に取るようにわかった。

「よかったら一緒に食べる？」

「え!?　いいえ、大丈夫です！　全然おなかすいてないですし、カインさんの餌をわたしが横取りするわけには……」

そう遠慮してるけど、瞳は輝いたままスープに釘付けになっている。

「僕一人じゃ食べきれないからさ。放っておいてもダメになっちゃうし、ライムにも食べるのを手伝ってもらえるとうれしいんだけど」

少し多めに作ったのは本当だ。

それは明日の朝食のためでもあったんだけど、あえてそう言ってあげる。まあ二人分くらいにはなると思うし。

ライムの顔がこれ以上ないほど輝いた。

「カインさんがそう言うのなら、よろこんでいただきます！」

鍋のふたを開けると、食欲をそそる香りが部屋いっぱいに充満する。

スープをお皿によそって、テーブルの前で待機するライムの前に置くと、輝くような笑顔がだらしなくゆるんだ。

「はわあああ……。美味しそうですぅ……」

よだれがだらだらとこぼれている、と思ったら、変身が解けて顔の形がちょっと溶けていた。

それくらい楽しみにしてくれてるってことかな。

「はは。口に合えばいいけど」

「いただきます！」

元気よく挨拶すると、ライムはスープの中に手を突っ込んで直接肉をつかんだ。

「えっ!?」

僕が驚くあいだに、ライムの手が広がって肉を包み込み、体内に取り込んだ。

同時にライムの表情がとろとろに崩れる。

「ふわあああ、こんなに美味しいのはじめてです……！」

本当に美味しそうな声を上げ、顔も溶けた氷みたいに元の形を失っていた。

感動しすぎて元の姿に戻っちゃったのかな。

「ええと、口に合ったようでよかったけど、そこまで感動するものでもないと思うんだけど」

口に合う、という表現は人間のものだから、ライムに対して使うのが正しいのかはちょっと自信ないけど……。

「普段は石とか草とか食べてたので、こんなに美味しいのは初めてです！」

「そ、そうなんだ。なんでも食べるんだね」

「はい！　スライムですので！」

そういうものなんだろうか。

草はともかく、石なんか食べても栄養なんてなにもなさそうだけど。

「ええと、とにかく喜んでもらえたようでよかったよ」

「はい！　とっても美味しいです！」

元気よく答えて、手から肉を取り込み、指先から飲むようにスープを吸収していく。

女の子の姿をしてるけど、やっぱり元はスライムだから食べ方は僕たちとは違うんだね。

気がつくとお皿の中身は空になっていた。

「はあ……美味しかったです～」

至福の表情でため息をつく。

それからちらっと僕のスープのほうに目を向けた。

「カインさんは、食べないんですか？」

「そんなことはないけど」

「あの、もし食べないのなら、それももらえるとうれしいなーなんて……」

遠慮したように言いながらも、輝いた目はしっかりと僕のスープに向けられていた。

それにしてもライムは本当に食べるのが好きみたいだ。

まあ、石とか草とか食べてたって言ってたし、それと比べればさすがに僕の料理のほうが美味しいだろうけど。

僕だってお腹は空いている。

でも、ライムの笑顔を想像したら、迷いなんて一秒で消えた。

「もちろんだよ。まだ食べる？」

「えっ、いいんですか!?　わーい、ありがとうございます！　カインさんの料理はとっても美味しいから大好きです！」

そんなに喜んでもらえるのなら、一日分のご飯くらいあげても全然構わないよね。


結局鍋が空になるまでライムは食べ続けた。

次々に平らげていくライムの食べっぷりが楽しくて、僕はその様子をずっと眺めていた。

本当は明日の分なんだけど、こんなに美味しそうに食べてくれるのなら全然構わない。なくなったらまた作ればいいんだしね。

それよりも美味しく食べてもらうことのほうが、料理だってうれしいはずだ。

それに食べ方が僕たち人間と違うのも興味深い。

やっぱり世界は知らないことがたくさんある。もっともっと色んなところを冒険できるようになりたいな。

ライムの様子をじっと見つめていたら、僕の視線に気がついたみたいだった。

「あ、あの、そんなに見つめられると、ちょっと恥ずかしいです……」

「ああ、ごめんごめん。ずっと見てたら食べにくいよね」

僕の趣味はモンスター観察だ。

レベル１の僕が戦いなんてしたらあっという間に死んじゃうから、どうすれば戦わずに済むか調べていたんだ。けど、そうやって様々なモンスターたちの生態を調べるうちに、だんだんとそういったのを調べるのが好きになっていったんだ。

世界には色々なモンスターがいて、色々な生き方がある。

危険といわれているモンスターが実は大人しかったり、感情がないと言われてるけど実は人間のように感情豊かだったりする。

目の前のライムだってそうだ。

これが元はゴールデンスライムだなんて、誰が信じるだろうか。

まあ、人間みたいっていうか、どう見ても人間そのままだけど。

この世界は知らないことがいっぱいで、それを知るのが楽しいんだ。

じいっと見つめ続ける僕の顔を、ライムがちらちらと気にしている。

「あ、あの、カインさん……」

「僕のことは気にせずにどんどん食べて」

「ううぅ……恥ずかしいって言ったのに……。やっぱりカインさんは強引です……。でもそんなところがまた……」

うつむきながらなにやらもごもごと口元を動かしている。

指先で肉をつつくようにしながら、少しずつ体内に取り込んでいた。

一通り観察して満足すると、僕もスプーンを使って食べはじめた。

いちおう一杯分だけは残しておいたんだ。

うん。味がしみこんでて美味しくできてる。

気がつくと、ライムが驚いたように僕を見つめていた。

「も、もしかして人間はそうやって食べるんですか……!?」

スプーンの使い方に初めて気がついたみたいだった。

「僕たちは口からしか物を食べられないから」

「そうだったんですね。ごめんなさい。わたしまだ人間のことよく知らなくて……」

「謝ることじゃないよ。これから知っていけばいいんだし」

言ってから気がついた。

「……もしかしてそのままずっと人間の姿で生活するつもりなの？」

ライムが大きくうなずく。

「もちろんです。元の姿だと命を狙われてしまいますから」

それは確かにそうかもしれない。

でもそれってつまり……。

「もしかして、僕と一緒に暮らすってこと……？」

「はい、もちろんです！　……あ、もしかしてダメでしたか……？」

「いや、ダメっていうか、男女が二人きりで一緒の家に住むのは……」

「でもわたしはカインさんにマーキングされてしまいましたし、もうカインさん専用なので……。あ、もしかして異種間交配の心配ですか？　それなら大丈夫です。わたしたちは様々なものに姿を変えられるので、種族の違いは問題にならないんです。むしろ様々な情報を取り込んだほうが擬態の精度も上がるので、異種間のほうがよいと教えられたくらいです」

「ひょっとして草や石を食べるっていうのも、栄養補給じゃなくて姿を変える情報を得るためなのかな？」

「はい、そのとおりです！　さすがカインさんですね」

ライムたちは目撃情報もほとんどないから、生態が全然わかってないんだよね。

石や草に完璧な擬態ができるのも、そうやって本物の情報を取り込んでるからなんだろうな。

「わたしがこうして人間の姿になれるのも、きっと遠い祖先のどこかでわたしたちと人間とのあいだに子供ができたからだと思うんです。わたしとカインさんのような運命的な出会いだったんでしょうね……」

ライムがうっとりとつぶやく。

なるほど、それは興味深い。

確かにゴールデンスライムの目撃情報は少ないんだ。

でもそれは誰も会ったことがない、という意味じゃないのかもしれない。

僕とライムみたいに、出会ってもその存在を隠してる人は案外多いのかも。

そういえば、ライムは僕と会ってから人間に擬態できるようになったって言ってたっけ。

それはつまり、僕の血を取り込んだ後ということ。もしかしたらそれがきっかけになって、過去の情報とかを呼び出せるようになったのかもしれないね。

僕が思いにふけっていると、ライムが急に心配そうな表情になった。

「あの、もしかして人間は、交尾を終えた雌は捨ててすぐに次の交尾相手を探しに行く系の種族ですか……?」

「いや、普通はそんなことしないけど……」

「でしたら、やっぱり交尾した相手と一生一緒に添い遂げて子育てをする系の種族なんですね！」

「う、うん、一応はそう、かな……」

そのへんは人によると思うけど。

「とりあえず女の子が交尾と何度も言うのはよくないと思うよ……。それに、僕も知らなかったからで、ライムを助けたのはそういうつもりじゃ……」

もごもごと口にすると、ライムが傷ついた表情で僕を見つめ、やがて寂しそうに笑った。

「そう、ですよね。いきなり押し掛けてきて、やっぱり迷惑ですよね……。ごめんなさい。すぐに出て行きますから」

そう言ったのに、ライムはその場を動こうとはせずに、落ち込んだ表情でうつむくだけだった。

うっ。

そんな表情をされるとものすごく断り辛い。

「迷惑ってわけじゃないけど、そういうのは普通女の子のほうが嫌がるっていうか……」

それに、僕みたいな無能力者のレベル1なんか……と思っていると、ライムが急に体を乗り出してきた。

「嫌がるなんてそんなことないです！　わたしはカインさんが好きなんです！　一緒にいられるならなんでもします！」

ほとんど叫ぶような表情で訴えてくる。

そのまっすぐな言葉に思わず僕は胸を打たれた。

なんの取り柄もない僕を真正面から好きだと言ってもらえたのは初めてだったんだ。

それに、ライムは端から見てもすごくかわいい女の子なのも、まあ無関係じゃないよね。

外はもう真っ暗だ。

こんな真夜中に女の子をひとりで放り出すわけにもいかない。

「わかったよ。とにかく今日は僕の家に泊まっていって」

「やったー！　ありがとうございます!!」

ライムが飛ぶようにして抱きついてくる。

いろいろなところが当たってきてなんだかすごく落ち着かない。

とにかく今夜は、ライムはベッドに寝てもらって、僕は床に布団を敷いて寝ることにした。

最初は一緒じゃないとイヤだと言ってきたけど、人間の生活はそういうものなんだと言ったら、しぶしぶ納得してくれた。

よかった、一緒に寝るとか言い出されなくて。

これで心配することなく眠れそうだ。

「あ、さっきなんでもすると言いましたが、もちろん子作りも含まれてますよ！　カインさんが望めばいつでも受精モードになりますので!!」

「う、うん。そうなんだ。とりあえず今日はそういうのはいいからもう寝ようか」

「はい！　ではおやすみなさい！」

やっぱり心配だなあ。

まずはお試しクエストから

朝、目が覚めると、背中に温かくて柔らかいものが押しつけられていた。

さわってみるとふにょんとした弾力が手のひらを押し返す。

「ひぁっ！」

ずいぶんとかわいい声が聞こえてきた。

さらに手を動かすたびに「ふああんっ」とか「そこ……よわいんですぅ……」とか聞こえてくる。

それを聞いていたらなんだか楽器を弾いているみたいに楽しくなってきて、寝ぼけた頭でしばらく手を動かして楽しんでいた。

「ふぁあっ……寝てるところを襲うなんて……強引すぎますよぅ……」

うーん。それにしてもこれはいったいなんだろう。

やわらかくて、さわってるだけなのにとてもきもちいい。

「あっ……あっ……そんなところまで……それ以上は、スイッチはいっちゃいますよぉ……」

かわいらしい声を聞くうちに、だんだん意識がはっきりしてきた。

どうして僕の家に女の子の声が、と思ったけど、この声はライムのものだ。

そういえば昨日は夜も遅かったから、僕の家に泊まってもらうことにしたんだっけ。

でもベッドに寝ているはず、と思って目を開けて見ると、ベッドの上には誰もいなくなっていた。

かわりに僕の正面から誰かが抱きついていて、僕の手はふたつの丸くてやわらかいものをさっきから何度ももみほぐしていた。

……もしかして、僕は今、とんでもないことをしてるんじゃないだろうか……？

冷や汗がだらだらとこぼれ落ちる。

僕の正面に寝ていた女の子が、身じろぎするように顔を上げた。

「カインさん……朝から交尾なんて……ダメですよぅ……」

「うわわわ！　ごめん！　そういうつもりじゃなくて……！」

慌てて飛び起きると、ライムがどことなくぐったりとした様子で布団の上に伸びていた。

荒い息を吐きながら、うっとりとした声音でつぶやく。

「ダメって言ったのに……そんなにわたしと交尾したかったんですか……？」

「い、いや、そういうわけじゃなくて……！」

「交尾はたくさんのエネルギーを消費するんですから、まずは朝ご飯をちゃんと取ってからでないといけないんですよ……？」

「あ、うん、そうなんだ……」

そういう問題でいいのかな？


朝食を食べ終えると、ライムがなにかお礼をしたいと言い出した。

「カインさんにお礼をしにきたのに、昨日からもらってばっかりです。それもこれもカインさんが優しすぎるからいけないんです。わたしにもなにか恩返しをさせてください！」

「そんなこと気にしなくていいけど」

「ダメです！」

僕が作った料理を美味しそうに食べてもらうだけで、あんなにうれしくなるなんて知らなかった。

それだけでも恩返しとしては十分なんだけど、それだとライムは納得しそうになかった。

「うーん、それじゃあ、食器の片づけをやってもらおうかな」

「はい、わかりました！　……ところで、食器ってなんですか……？」

まずはそこの説明からかあ。


ライムに食器の洗い方や片づけ方を教えると、嬉々としてやりはじめた。

最初はハラハラしながら見守ってたけど、さすがにこれくらいなら失敗する心配もなさそうだ。

安心した僕は、さっそく荷物の整理をはじめていた。

昨日帰ってきたときに放り出したままなにもしてなかったからね。

やがて食器の片づけを終えたライムがそばに寄ってきた。

「なにをしてるんですか」

「昨日のクエストを失敗しちゃったから、また行かないといけないからね。そのための準備だよ」

「おでかけですか？　わたしもいっしょに行きたいです！」

元気よく手を挙げて主張する。

「気持ちはありがたいけど、けっこう遠いし、危険な旅だから連れて行くわけには……」

「危険ならもっと一人でなんて行かせられません！　それに、こう見えてもわたしは強いですから、カインさんをいっぱい守ります！」

確かにライムの力は強い。

こんな細い腕のどこに、ってくらいのパワーがあって、抱きつかれたら僕なんかじゃまったくふりほどけなくなる。

だから僕よりも強いのは確かだ。

「そう言ってくれるのはうれしいけど、やっぱり危険だし……」

「逃げ足も誰にも負けない自信があります！」

世界最高のレアモンスターであるライムなら、確かに逃げ足は誰よりも速いかもしれない。

説得しようにも、ライムは引く気のない表情で顔をぐいぐいと近づけてくる。近い近い。

これは諦めてもらうのは難しそうだ。

「わかったよ。ライムも一緒に行こう」

「本当ですか!?　やったー！　カインさんとおでかけですね！」

両手をあげて子供みたいに喜びを爆発させる。

これから危険なクエストに行くというよりも、まるでピクニックに行くみたいな感じだな。

まあ本当にいきなり高難度のクエストに行くつもりはないけどね。


家を出た僕たちは、セーラの店に寄ることにした。

そこでライムがいてもクリアできそうな簡単なクエストを受けようと思うんだ。

それでライムが満足してくれればいいし、もし本当にライムが強かったら、一緒に一角獣のクエストに向かってもいい。

あのクエストは本当に大変だから、手伝ってくれる人がいると僕としてもすごく助かるんだよね。

「おはようセーラ」

「あらカイン、今日も早いのね。さっそくクエストに……」

そこまで言ったセーラが、僕のとなりに目を向けた。

ライムが僕の腕にしがみつくようにべったりとくっついて、辺りをきょろきょろと見回している。

「その子は誰？」

セーラの声が二度くらい低くなった気がしたけど、怒らせるようなことなんてなにもしてないと思うし、気のせいだよね……？

「この子はライムっていうんだけど、ええと……なんて説明したらいいのかな」

幻のレアモンスターを助けたら恩返しに来てくれたんだ、と正直に言って信じてもらえるかなあ。

迷ってると、自分の話題だと気がついたライムがキョロキョロさせていた視線をセーラに向けた。

「カインさんのお友達ですか？　こんにちは、ライムといいます！　カインさんに付けてもらった名前なんです！」

ニコニコとうれしそうに報告する。

セーラは困惑するような顔になった。

「カインが名前を付けた？　どういうことなの？」

「それは……」

僕は店の中を見回した。

お客はまだ僕たちしかいないため、店内には僕たちとセーラしかいない。

これなら本当のことを言っても他の人に聞かれる心配はなさそうだ。

「実はライムの正体は……」

「はい！　わたしたち夫婦なんです！」

「…………は？」

セーラの口から聞いたこともないほど冷たい声が聞こえてきた。

「先日わたしがケガをして動けないでいたところ、カインさんがやってきて、わたしの傷を治すためといって強引に交尾を迫ってきたんです。そのときの責任をとって一緒に住ませてもらいました。カインさんはいつもは優しいのに、交尾の時はすっごく強引で、そのギャップにわたしはすっかりメロメロになってしまって……」

恍惚とした表情で語るライム。

うん。色々と言葉のチョイスがおかしいね。

まだ人間の生活に慣れてないから仕方ないのかな？

今さらライムの言葉を止めても手遅れなため、達観した心境で僕が聞いている間に、セーラの顔から表情が消えた。

冷たい視線が僕を突き刺す。

「どういうことか説明してもらえる？」

「……はい」

うなずく以外に選択肢はなかった。

「……というわけで、ライムはゴールデンスライムなんだよ」

「はい！　ゴールデンスライムのライムです！　よろしくお願いします！」

ライムが元気よくお辞儀をする。

説明を聞き終えても、セーラは信じられないといった表情でライムを見つめていた。

「はあ……。あの幻の超レアモンスターと言われるゴールデンスライムを助けたら……女の子の姿になってやってきたと……」

驚くのも無理はないと思う。

僕だっていきなりそんなことを言われたらきっと信じなかった。

でも、ライムは目の前で金色の髪をわさわさと自由に動かし、毛先の先端を変化させて水滴を押しつぶしたような小さなスライムの形を作っていた。

それが魔法でもスキルでもなく、ライムの体を変化させたものであることはセーラもさっき確認したばかりだ。

だから信じるしかない。

だけどまだ頭では理解できてないみたいだった。

「おとぎ話の中では聞いたことあったけど、こんなこと現実にあるのね……」

ちなみにセーラの店は臨時休業になってる。

こんなところに誰かが来たら大騒ぎになっちゃうから、一時的に閉めてもらったんだ。

セーラがことさらに大きくため息をつく。

色々言いたいことはあるけどいったん忘れて、まずは目の前の事実を受け入れようというため息だった。

「とにかく、ライムちゃんがゴールデンスライムだっていうのはわかったわ。一角獣の万能薬をモンスターに使うなんてどういうことかと思ってたけど、こんなにかわいいなら仕方ないわね？」

かわいい、の部分をずいぶん強調するなあ。

「最初に会ったときは普通にスライムの姿だったけどね」

「わたしを助けていただいた薬がそんな貴重なものだったなんて知らなかったです……。なのにためらうことなく使ってくれるなんて、やっぱりカインさんはステキです！」

「薬はまた取りに行けばいいからね。でも命はひとつしかない。気にしなくていいよ」

「なんて優しいお言葉……！」

「すっかり懐かれてるみたいね」

ニコニコ顔で僕の腕にべったり抱きつくライムを見つめながら、セーラが意地悪な笑みを見せる。

「それにしても、スライムだからライムちゃんか。ずいぶんわかりやすい名前なのね？」

「うっ、わ、わかりやすいならいいでしょ」

僕だって自分のネーミングセンスのなさは自覚してるよ。

「ま、なんにせよ元気そうでよかったわ。また落ち込んでるんじゃないかと心配してたから」

「僕が？」

「ずいぶん前だったけどクエストに失敗したとき、カインはずいぶん落ち込んでたじゃない」

「そう言えばそうだったね」

まだ駆け出しで自分に自信がなかった頃、レベル1でスキルもない僕はやっぱりダメなんだと思ったりもしたっけ。

自信がないのは今でもあまり変わらないけど、でも昨日はライムのおかげで落ち込んでいる暇もなかった。

「そう言われれば、ライムのおかげ、なのかもね」

「よくわからないですけど、お役に立てたのならなによりです！」

喜びを爆発させるライムに、セーラがぼそっと告げる。

「アタシのほうがカインと長くいるんだからね」

「そうなんですね。一緒にカインさんを助けましょう！」

「そういう意味じゃないんだけど……。なんか毒気が抜けるわね」

「セーラには昔からずっとお世話になってるからね。これからもよろしく頼むよ」

「こっちはこっちで……。はあ、もういいわ。それよりも、ライムちゃんのことを紹介しにうちに来たわけじゃないんでしょ」

そうだった。本来の目的を忘れてたよ。

「ライムも一緒に行けるような簡単なクエストはないかな」

「ライムちゃんも一緒に行くの？」

「はい！　カインさんはわたしがお守りします！」

元気いっぱいな声で両手を力強く握ってみせる。

「こう言ってくれてるから、まずは簡単なクエストをこなしてみようと思ってね。そうすればライムの実力もわかるし、今後のクエストにも行けるかどうかわかるでしょ。それに、家に置いていって正体がバレるようなことになっても大変だし」

「確かにそれもそうね」

セーラが腕を組みながらクエストボードを眺める。

ボードには様々な紙が貼られていた。

セーラのところに依頼された様々なクエストをまとめたものだ。

「それじゃあこれなんてどうかしら」

そう言って一枚の紙を差し出してきた。

近くの採取ポイントから薬草を採ってきてほしいというものだ。

「なるほど、これなら危険もないし簡単そうだね」

「簡単は簡単なんだけど、手間の割には報酬が低くて割に合わないっていうんで誰もやらなかったのよね」

確かに報酬は驚くほど安い。

今日一日の食費で消えてしまうような額だ。

ライムと二人で行くことを考えたらむしろ赤字になっちゃうかも。

でも今回の目的は報酬じゃない。ライムの実力を見るためのものだからね。

「じゃあこれを受けることにするよ」

「そう。ありがとう。じゃあお願いね」

そうして、僕とライムは初めてのクエストに向かうこととなった。

第1章 クエスト1：山の薬草

yasashisa shika torie ga nai bokudakedo,
maboroshi no cho rare monster wo tasuketara
natsukarechatta mitai

初めてのおつかいクエスト

「カインさんとお出かけ楽しみです！」

セーラのクエスト屋を出たライムが、ウキウキとした様子で声を上げる。

「そんなに大したものじゃないけどね」

僕は苦笑しながらそんなことを言った。

実際セーラから受けたクエストは、近くの山の頂上に生える薬草を採取してくる、というものだ。

わかりやすくいえば山菜採りかな。

薬草といっても特別な草じゃない。傷や病気に効く効能を持っているというだけだからね。

「それで、その薬草はどこにあるんですか」

「あの山の頂上に生えてるんだよ」

指差したのは、僕たちの町からでも見える山だった。

街道沿いに進むだけですぐに着ける場所にある。途中に危険なモンスターもいないし、道も整備されてるから迷う心配もない。

だからこそ簡単な初心者向けとしてセーラが紹介してくれたんだ。

そのかわり誰でもできるクエストだから報酬は低いけどね。


僕たちは町を出ると街道沿いに歩きはじめた。

この辺りは王都からも離れた場所にあるため、他に街道を歩いている人は全然見つからない。

「途中でモンスターともほとんど出会わないからレベル上げにもならない。だから不人気なクエストなんだ」

「じゃあどうして引き受けたんですか」

「僕みたいなレベル1の冒険者でもクリアできるからね。ライムも一緒だから危険なクエストはできないし。それに、クエストがあるってことは誰かが必要としてるってことだ。それならできる人がやってあげないと」

山頂の薬草は様々な薬効を持っているため、色々な使い道があるんだけど、お米と一緒に炊くことで消化も良くて風邪によく効くご飯になるんだ。

「依頼をした人も、きっと家族の誰かに食べさせたくて依頼したんじゃないかな」

「やっぱりカインさんは優しいですね」

「そういうんじゃないよ。僕は僕にできることをやってるだけだから」

その上で、誰かの役に立てたらうれしい。

それだけなんだよ。

ライムと話しながら歩いていると、やがて周囲に木々が増えはじめ、道もなだらかな登りに変わってくる。

町から見えていた山が今は目の前にそびえていた。

「後はこの山を登るだけだ。いつもならもう少しかかるんだけど、思ったよりも早く着いたね」

もしかしたらライムと話していたからかも。

いつもは一人で歩いていたから長く感じていただけで、誰かと一緒に歩くと短く感じるのかもしれないね。

「ここからもう少し歩くから、ちょっと休憩にする？」

「大丈夫です！　これでも足腰には自信ありますし、場合によっては三日三晩逃げ続けたこともあるんですよ！」

確かにここまでの道でもライムは苦もなく僕についてきたし、今も疲れている様子はない。

むしろ僕よりも元気なくらいだ。

まあライムはいつだって元気一杯だけど。

「それじゃあ行こうか。頂上まではまっすぐな道だよ」

「はい！」

山道も来たときと同じくらいの距離があるんだけど、ライムとたわいのない話をしている間に歩き終わってしまった。

坂を上った先に開けた空間がある。

それを見たライムが駆けだした。

「わー、すっごい景色ですね！」

周囲を見渡して歓声を上げる。

「この辺りは他に山もないからね。周囲の景色を一望できるんだ」

地平線の彼方《かなた》から続く街道が僕たちの町まで延び、そのまま反対側の地平線の彼方に消えていく。

遠くには深い森の木々が緑色の海みたいに広がっていた。

「あそこを越えてさらに進むと王都があるんだ」

「王都っていうと、人間の偉い人が住んでるところなんですよね」

「まあ、そうだね」

苦笑しながら答える。

王様が住んでるところだからその言い方も間違ってはいないけど。

僕もあまり行ったことはないけど、王都はとても大きくて豪華な都市だ。僕たちの町が十個くらいはすっぽりと入るんじゃないかと思う。

いつも観光客であふれている人気の観光地でもあるんだ。

なにか用があって王都に行くと言うと、みんなからうらやましがられるくらい。

でもライムは、どこか怯えた表情で森の向こうを見ていた。

「どうしたの？」

たずねると、王都のある方向を見つめたまま、ライムが小さな声でつぶやいた。

「……人間の王様には、昔から何度も追いかけられたので」

いつも快活なライムが表情を暗くさせ、自分の体を抱くようにして震えていた。

ライムは世界中の冒険者が追い求めている幻のレアモンスターだ。

僕なんかでは想像もできないような辛い目にも遭ってきたんだろう。

遠いまなざしで遥か彼方を見つめる横顔は、平凡な僕の人生では一度も見たことがないような表情だった。

世界中の人間から命を狙われ、隠れながら生きていくというのは、きっとものすごく孤独なことなんだろう。

「ライム、ちょっとこっちに来て」

「あ、はい。なんですかカインさん」

ライムが小走りで寄ってくる。

「ここの地面を見て。小さな赤い花をつけた草があるでしょ。これが探してた薬草なんだ」

「もう見つけるなんて、さすがカインさんですね」

「こんなことは誰でも知ってるから、全然すごいことじゃないけどね。じゃあそれをひとつ取ってくれる」

言われたとおりにライムが薬草を引っこ抜く。

「そうしたら、真ん中の花を軽くつまんでほしいんだ」

「こうですか？」

二本の指で花をつぶすと、水滴の弾けるような音が響く。

花の蜜があふれ、同時に甘い香りが立ち上った。

「うわあ、美味しそうな匂いですね」

よだれを垂らし気味の表情でつぶやく。

「この花の蜜には傷を癒す効果だけじゃなく、鎮静効果もあるんだ」

「ちんせいこうか？　ですか？」

「不安が消えてリラックスできるってこと。つまり、さ……」

言おうとした言葉がうまく出てこなくて、一度口ごもる。

「ライムも昔は色々あったのかもしれないし、それがなんなのか僕にはわからないけど。でも、もう心配しなくてもいいよって言いたくて。この辺りにはライムを狙うような怖い人もモンスターもいないから」

僕が守ってあげるよ、とは、さすがに言えるわけなかったけど。

それでも言いたかったことが十分に伝わったのは、ライムの表情を見ればすぐにわかった。

「……はい！　ありがとうございます！」

さっきまでの暗い表情はすっかり吹き飛んで、太陽みたいに明るい笑顔になっていた。

まぶしすぎてまっすぐ顔を見れないくらいだ。

……恥ずかしいからじゃないからね？

「やっぱりカインさんは優しいです。ますます好きになっちゃいました」

「そ、そうなんだ。ありがとう」

そんなにストレートに言われるとさすがに恥ずかしくなってしまう。

ライムはニコニコとうれしそうなままだ。

前から思ってたけど、どうもライムには恥ずかしいとかそういう感情は少ないみたいだ。

「とにかく、元気になってくれてよかったよ」

「はい！　おかげでカインさんとの子供がますます欲しくなっちゃいました！」

「女の子がそういうことを大声で言うものじゃないと思うけど……」

こういうところも僕たちとはちょっと感覚が違うよね。

「あ、そ、そうですよね。ごめんなさい」

しゅんとしおれた表情になってうなだれる。

「交尾は雄から誘うものですもんね。……はい、どうぞ。いくらでも襲ってください」

目を閉じ僕に向けて両腕を広げる。顔はどことなく恥ずかしそうにしていた。

……一応そういう感情はあるんだね。

僕とはちょっとだけズレてるみたいだけど。

だいたい襲ってくださいとか言われても、いくら人がほとんど来ないとはいえさすがにこんなところではちょっと……いや待って、そういう問題じゃない。

どうもライムの性格に影響を受けすぎてる気がする。

ライムはまだ子供みたいというか、人間の生活に慣れてないんだから、僕がしっかりしないとね。

「じゃあ薬草を集めようか」

目を開けたライムがちょっと唇をとがらせていたけど、すぐに笑顔になった。

「そうです、それが目的でした」

「さっきと同じものを探せばいいから。この辺にたくさん生えてるはずだから、手早く見つけて帰ろうか」

「はい。交尾は巣に帰ってからするものですからね！」

まだあきらめてなかったのか……。

王都からの遠征団

ライムと二人で、袋いっぱいになるまで山頂の薬草を集めた。

「これだけあればクエストで指定された量にも足りそうだし、そろそろ帰ろうか」

「はい！」

元気よく返事をするライムと一緒に山道を戻ろうとする。

その直後に、僕は足を止めた。

ライムが不思議そうな表情を向ける。

「どうしたんですか」

「誰か来るみたいだ」

ライムが遠くを見るように瞳の上に手をかざしたり、くんくんと鼻を鳴らしたりしている。

「わたしにはまだわからないです」

「道の先から物音が聞こえてくるんだ」

「むー。どうも人間の姿だとまだうまく感知できないですね。元の姿なら山ひとつ超えた先の足音でも聞き取れるんですけど」

姿だけじゃなくて、器官も人間に似せてるのかな。

ライムには聞こえてないみたいだけど、僕はレベル1で戦闘が苦手だから、こういった特技は鍛えてあるんだ。

「けっこう大人数みたいだから、道の脇によけようか」

近づいてくる複数の足音に加えて、ひずめの音も聞こえてくる。さらには鎧どうしがぶつかる金属音まで響いてきた。

「これは……王都の騎士団かな？　どうしてこんなところに……」

王都は森をひとつ越えた先にある。

わざわざこんなところに来るなんて普通は考えられない。

「………………」

「ライム？」

ライムは僕の背後に隠れると、ぎゅっと服をつかんだ。

その手はかすかに震えている。

過去になにがあったのかは、想像するしかない。

でもきっと思い出したくないことなんだろう。

だから僕はなにも聞かずに、ライムをかばったまま道の脇へと移動した。

やがて道の先に、坂を上る騎士団が見えてきた。

白銀の鎧に身を固めた騎士が馬に乗って坂を上ってくる。

金属のこすれあう鈍い音と、足並みのそろった靴音が規則正しく響いていた。

その数は数十人……もしかしたら百人以上はいそうだった。

「これは……」

思わず絶句してしまう。

これほどの大人数となると、ただ事ではない。そこらの盗賊を退治する程度ならこれほどの大軍は必要ないはずだし。しかもこんな遠くにまで遠征するなんて、よっぽどの緊急事態でもなければありえないはず。

それこそ、たとえば凶悪な指名手配犯が現れたとか、ＳＳ級の魔獣が出現したとか。

あるいは、幻のレアモンスターが見つかったとか。

意識しない内に、僕はライムを守るように一歩前に出ていた。

向こうはもう僕の存在に気がついている。

これだけの騎士団を相手に戦いになったら、勝つのはもちろん、逃げることだって難しい。

規則正しい足音を響かせながら騎士団が坂を上り、僕の前を通り過ぎようとする。

先頭を歩くひときわ大きな騎士が僕の正面に来たとき、突然その行進が停止した。

「……っ！」

体が緊張して硬くなる。

ライムは僕の服を全力で握りしめ、すっかり縮こまっていた。

鎧姿の騎士は僕の正面まで来ると、兜を脱いで一礼した。

「驚かせてしまったならすまない。私は王都騎士団総長アルフォードという」

「あ、ええと、はい。こんにちは……」

緊張してしまってまともな挨拶も返せなかった。

兜の下から現れたのは、すっと通った鼻筋が印象的なものすごくカッコいい人だった。

年齢的には壮年と言ってもいいかもしれないけど、それを感じさせない若々しい人だ。

「えっと、僕はカインといいます。後ろのこの子がライムです」

紹介されてもライムは僕の背中から動こうとしない。よっぽど怖いんだろう。

ただ、目の前のアルフォードさんから怖そうな雰囲気は感じられなかった。

騎士団総長といえば貴族中の貴族だ。

そんな人相手に顔も見せないなんて無礼きわまりないけど、目の前の騎士はそれを咎《とが》めようとはしなかった。

それどころかひざを着き、僕たちに目線を合わせることまでしてくれた。

「こんな物々しい一団が現れては怯えるのも無理はない。重ねて非礼をわびさせて欲しい」

「あ、いえ、大丈夫です。ライムはちょっと……人見知りなだけなので」

「ふむ……」

アルフォードさんがじっと僕を見つめ、それから背後のライムに目を向けた。

僕の背に隠れてるから、正面からだと震える手ぐらいしか見えないかもしれないけど。

やがてフッと柔和な笑みを浮かべた。

「どうやら我々は退散した方がいいみたいだな」

そう言って立ち上がると背を向ける。

その背中に向かって僕は声をかけた。

「あ、あの。王都の騎士団の方が、どうしてこんなところに？」

しかもアルフォードさんは騎士団総長だという。

その立場は、王族にかなり近いところにいるはずだ。

そんな人がどうしてこんな田舎に来たのか……。

モンスターや盗賊討伐とかなら別にいいんだ。でももし、レアモンスターの目撃情報が入ったのだとしたら……。

たとえ危険でも、ここにきた理由だけはどうしても聞いておかなければいけない。

アルフォードさんは足を止めて振り返ってくれた。

「実は隣国より、この辺りに凶悪な魔獣が向かったとの知らせが入ったのだ。この辺りは開けた土地が多いから、山頂から監視すればすぐに発見できるのではと思ってね」

なるほど。

確かに山頂からこの辺りが一望できるから、周囲を監視するならちょうどいいかもしれない。

とにかく、ライムを探しにきたのではなかったらしい。

それがわかってちょっと安心した。

「ええと、山頂はそれほど広くないので、監視役の人を何人か残して、残りはふもとで待機する方がいいと思います」

「なるほど。それは貴重な助言だ。ありがたく参考にさせてもらおう」

そう告げると坂を上っていった。

監視役と二手に分けなかったのは、そうするとライムと一緒に降りることになってしまうからだろう。怯えるライムを気遣ってあえて全員で山頂に向かったんだ。

「いい人だったね」

背後を振り返ってライムに話しかける。

ライムの表情はだいぶ和らいでいたけど、まだ少し青ざめていた。

「あの足音が苦手で……」

確かにあの一糸乱れない足音の行軍は、否応なく大軍に迫られるような威圧感があって、僕が聞いても迫力がある。

もっと多くの騎士に、たとえば十万とか、百万もの大軍があの足音を響かせながら追いかけてきたら、トラウマになってしまうのかもしれない。

全部僕の憶測だ。

でも、ライムの手はまだ少し震えていた。

その手を優しく握る。

「……カインさん？」

「一緒に帰ろうか」

「…………。はい！」


山を下りてもライムは僕の手を離さなかった。

上機嫌にぶんぶんと腕を振りながら歩いていく。

力加減を忘れているのか、振り回される僕の腕は少し痛かったけど、それでライムが元気になってくれるのなら安いものだ。

「それにしても危険な魔獣ってなんだろうね」

「さっきの人間たちが言ってたやつですか？」

ライムが周囲を見渡すように首を巡らせる。

「本当に危険な魔物なら、私の危機感知スキルが反応するはずですけど、今は感じないです」

「本当に危険な魔物ってのは、どれくらい危険なの?」

「さっきの人間たちとは比べものにならないくらいです。私が本来の姿でも逃げきれるかわからないような……。山をひとつ丸ごと消し飛ばしたり、島を一口で丸飲みにしたりとか、そういうことを平気でやってのける連中です」

「確かにそんなのが来たら、逃げたところで助かりそうにないね」

なにしろ逃げたとしても、逃げた先ごと消し飛ばされてしまうんだから。

さっきの騎士団が危機感知に引っかからなかったのも、本来のライムにとっては敵ではなかったからかもしれないね。

「もしそんな危険な敵が来たら、カインさんだけは必ず守り抜くので安心してください」

「その気持ちはうれしいけど、そのときはライムも一緒に逃げるんだよ」

「カインさんに助けてもらった命ですから、カインさんを助けるためなら惜しくありません。でも、カインさんがそう言うなら、一緒に逃げるようにします」

「うん。そうしてね。僕のためにライムが傷つくのは、僕にとっても全然うれしくないから」

「はい、わかりました。えへへ……」

なぜだか表情をとろけさせる。

というか物理的にちょっと溶けている。

美味しいご飯を食べたときにも、気がゆるんじゃうのか同じようになるんだよね。

ということは、今はうれしいんだろう。

どうしてそう感じるのかはよくわからないけど……。

まあ、ライムはちょっとだけ僕たち人間とは感性が違うところがあるから、きっとそのせいなんだろうな。

今は周りに誰もいないからいいけど、人前でこの状態になったらさすがに怪しまれそうだ。その辺は気を付けないといけないな。

そのときだった。

背後の道からけたたましい足音が響いてくる。

驚いて振り返ると、さっきのアルフォードさんを先頭にして騎士団が駆けてくるところだった。

僕たちは慌てて道の端によける。

アルフォードさんは駆け抜けざま、僕たちのほうに視線を向けた。

「君たちは逃げるんだ！」

それだけを言い残して、土煙と共に去っていく。

逃げろ、と言われても、いったいなにがあったんだろう。

そういえば危険な魔獣を退治しに来たと言っていたっけ。

でも僕の感知できる範囲に危険なモンスターはいそうにない。

「ライムはなにかわかる？」

ライムがもう一度周囲を確認する。
「うーん。危険な魔物はいないです。ただ一匹だけ……」
そう言いかけたライムの言葉を、巨大な声がかき消した。
空間が振動するほどの巨大な咆哮。
敵意をむき出しにした不協和音の固まり。
一度聞けば誰もが理解する。
それは生物の王者、ドラゴンの咆哮だった。

王都騎士団の壊滅

ドラゴンの咆哮が辺り一帯に響きわたる。

声のするほうに目を向けると、空の彼方に、小さな黒い点がひとつ浮かんでいた。

この位置からだと小指の先ほどもない小さな姿だけど、それでもその声はうるさすぎるほどに響いてくる。

「アルフォードさんたちが言ってた危険な魔物っていうのは、あれのことだったんだ」

ドラゴンは世界で最も有名で、最も強いモンスターだ。

ランクは個体差があるけど、最低でもS級。数百年以上生きたものになるとSSS級にまでなるって聞いたことがある。

そこまで行くと、数カ国の連合軍が総力を挙げて挑んで勝てるかどうかってレベルらしいけど。

ライムのSSSS級には及ばないけど、それは幻のモンスターとも言われるレア度から来るもので、強さによるランクじゃない。

真に強さだけでランク付けしたらドラゴンが最強と言われている。

ドラゴンの姿はまだ小さな豆粒みたいだけど、このくらいの距離ならあっというまにやってきてしまうだろう。

街道の先では、アルフォードさんたちがドラゴンの姿を見つけ、街道をそれて僕たちの町とは反対方向へと移動をはじめた。

被害が及ばないように、少しでも離れて戦いをはじめるつもりなんだろう。

それにあの方向には森がある。

空を飛ぶ敵との戦いでは障害物のあるほうが戦いやすい。それもあって移動したんじゃないかな。だけど……。

「ライム。僕たちも行こう」

「どこへですか?」

「アルフォードさんたちのところだよ。助けないと!」

走り出した僕を追いかけるようにライムもついてくる。

けど、馬に乗ったアルフォードさんたちとの距離は開くばかりだった。

自慢にもならないけど僕は体力も脚力も人並み以下だからね。走るのはライムのほうが速かったくらいだ。

そのあいだに、炎の弾が頭上を横切って飛び、ドラゴンに直撃した。

どうやら騎士団の魔術師による魔法みたいだ。

耳を裂く悲鳴が轟いたけど、ドラゴンにダメージを与えた様子はなかった。魔法攻撃はまるで効いていない。むしろ逆に怒らせただけみたいだ。

翼を一度はためかせると、次の瞬間にはアルフォードさんたちの真上へと移動していた。

号令をかける声と、殺意にあふれた咆哮が響く。

ついに戦いがはじまってしまった。

「急がないと……！」

走る僕の横をライムが苦もなくついてくる。

息を切らせる様子もなくたずねてきた。

「どうしてあの人たちを助けるんですか？」

「そんなの……！」

当たり前のことだろう！

僕にとってはそうだ。

でも、ライムは本当に、純粋に疑問だというような表情をしている。

ずっと逃げ隠れて生きてきたライムにとっては、自ら危険な場所に飛び込むなんて、きっと考えられないことに違いない。

そんなことをしていたら命がいくつあっても足りなかっただろう。

いや、ライムに限らず、野生動物はみんなそうかもしれない。

肉食獣に襲われた草食動物がいたとしても、助けるために戻る動物なんていない。

そんなことをするのは人間だけだ。

困ってる人がいたら助けるのは当然。

そう思っていたけれど、なぜなのかと聞かれたら、うまく答えることができなかった。

「どうして助けるのかと聞かれたら、僕にもわからない。でも、困ってる人がいたら手を差し伸べられるような人に、ライムもなって欲しい」

「よくわからないですけど……」

戸惑うようだった表情が、にっこりと笑顔になる。

「カインさんがそう言うなら、そうします」

「……ちがうよライム」

僕は足を止めた。

遅れて止まったライムが不思議そうな顔になる。

「僕が言ったからじゃない。ライムが自分でそう思って欲しいんだ」

「……？」

ライムは首を傾げるばかりだった。

やっぱり伝わらないのかな……。

直後にドラゴンの叫ぶ声が再び響いた。

「とにかく、今は急ごう！」

僕たちは再び走りはじめた。


近づくにつれてドラゴンの姿がはっきりと見えてくる。

赤く光る瞳は激昂している証だ。開いた口からは鋭い牙が何本も生え揃い、赤い炎が吐息のように何度も漏れていた。

だけど一番目を引いたのはその大きさだった。普通のドラゴンでも人間の数倍の大きさになる。だけど目の前のドラゴンは、体だけでも僕らの十倍以上はある。翼を広げた姿はそのさらに何倍にもなり、空を覆い隠すほどの威容を誇っていた。

「なんて大きさなんだ……！　あれだと百年以上は間違いなく生きてそうだ」

長く生きているドラゴンほど強くなる。百年以上生きたものは神にも等しくなると言われ、実際に信仰の対象としている地域もあるくらいだ。

騎士団とドラゴンの戦いは、一方的な展開になっていた。

ドラゴンが空から炎のブレスを浴びせかける。

森に隠れた騎士団の人たちが結界を張り炎を防ぐけど、そのまま急降下してきた爪の攻撃を防ぐことはできなかった。

一回の攻撃で、盾を構えた騎士たちが数人まとめて吹き飛ばされる。

「負傷した者は下がれ！　手の空いてる者は前へ出ろ！」

アルフォードさんの指示が周囲に響く。

「総長！　負傷者の数が多すぎます！　これ以上は……！」

「くそ……っ！　まさかこれほどとは……！」

かみしめた口のあいだから言葉が漏れる。

ほんのわずかの間、空のドラゴンをにらみつけると、やがて苦渋の決断を下した。

「撤退だ……。撤退の準備をしろ！」

アルフォードさんが号令を下す。騎士の人たちが、傷ついた仲間を先頭にして森の奥へと引いていった。

「総長も早く！」

「お前たちは先に行け。こいつは私が引きつける」

剣と盾を構え、空のドラゴンと対峙する。

「これでも王国最強と言われたこともある。ドラゴン相手でも多少はやれるさ」

「しかし、それでは総長が……！」

「私のことを心配してくれるなら早く行け。……おそらく、数分も保たないだろう」

「……！　御武運を！」

アルフォードさんを残して騎士たちが森の奥へ逃げていく。

それを確かめると、騎士の剣を真正面に構えた。

「さあこい！　お前の相手はこの私だ！」

アルフォードさんが吠えると、逃げる騎士たちを追おうとしていたドラゴンの向きが変わった。

強制的に自分に意識を向けるスキルかなにかを持っているのかもしれない。

ドラゴンが急降下しながら鋭い鉤爪を振り下ろした。

分厚い盾でそれを受け止めたけど、勢いを殺しきれずにそのまま背後へと吹き飛ばされてしまう。

太い幹へと叩きつけられ、金属の潰れる音が響いた。

鎧のおかげでなんとか無事だったみたいだけど、額からはたくさんの血が流れている。分厚い盾も今の一撃でひび割れてしまっていた。

「大丈夫ですか!?」

なんとか追いついた僕はアルフォードさんの元へと駆けつけた。

「君は……！　ここは危険だ、早く避難するんだ！」

「僕は大丈夫です。それよりも、これを」

ここに来るまでに調合しておいた薬草を取り出す。

割れた額に当ててると、ケガがみるみるうちに回復していった。

アルフォードさんが驚く。

「こ、これは……薬草、なのか？　これほどの回復力がある薬草など聞いたこともないが……」

「僕のオリジナルレシピです。傷によく効くんですよ」

僕自身にはなんの才能もない。

だから薬草を作るにしても、色々な材料と組み合わせたりして、オリジナルのレシピをいくつも開発したんだ。

これもそのひとつ。傷を癒すんじゃなくて、傷口をふさぐのに特化させてある。だから出血もあっという間に止まるんだ。まあ傷口を塞ぐだけで治ってるわけじゃないから、あとでちゃんとした治療をする必要はあるんだけど。

「オリジナル……？　まさか、これほどのものを独学で……!?」

そんなに驚くようなことかな。

ただ傷口をふさぐだけなんだけど。

「傷を癒す薬草があるのはわかる……。しかし、即時にこれだけの効果を発揮するとなると、ほとんど魔法と変わらないではないか……。薬草学を極めた者は治癒魔法を凌駕《りょうが》するとも言われるが……まさか、君は……」

驚いていたアルフォードさんがはっとして空を見上げる。

「いや、それよりも、上だ！」

アルフォードさんの声で僕も頭上に目を向けた。

そこには、再び空へと舞い上がり、急降下の体勢を取っているドラゴンの姿があった。

王国騎士団の総長であるアルフォードさんですら一撃で吹き飛ばされるような攻撃だ。僕と今のアルフォードさんが食らえばひとたまりもない。

でも僕は心配していなかった。

「心配しなくても大丈夫です。これで……」

僕がここに来るまでに調合しておいたもうひとつのアイテムを取り出そうとしたとき、僕とドラゴンのあいだにライムが立ちはだかった。

「ライム!?」

止める暇もなかった。

僕を守るように立つライムに向けて、ドラゴンが容赦なく襲いかかる。

対するライムはただ無造作に手を伸ばしただけだった。

武器なんて持っていないし、なにかの構えのようなものを取ることもない。

無防備といってもいい状態のライムに向けて、ドラゴンの爪が振り下ろされる。

訓練を積んだ騎士たちでさえなす術《すべ》なく吹き飛ばされるような一撃だ。ライムの細い腕で耐えられるわけがない。後ろにいる僕と一緒に切り裂かれてしまうだろう。

最悪の状況を覚悟して思わず目をつぶってしまった。

けど、いつまでたっても攻撃がやってくる気配がない。

おそるおそる目を開くと、目の前の光景に驚いてしまった。

アルフォードさんも驚愕の声を上げる。

「ドラゴンの攻撃を、素手で受け止めただと……!?」

驚いたのは僕だって同じだった。襲ってきたドラゴンの巨体が、無造作に伸ばされたライムの腕の先で止まっていたんだから。

ライムが心配そうに僕を振り返る。

「カインさん、ケガはないですか?」

「え? あ、ああ。うん。僕は平気だけど……」

「それはよかったです」

笑顔になるライム。

伸ばした手には傷ひとつなく、あれだけの攻撃を受けたのに一歩も動いていない。

まるで地面に打ち付けた鉄杭のように、まっすぐそこに立っていた。

逆に襲いかかったドラゴンのほうが押し返されてしまったくらいだ。

「ライムこそ、ケガはないの?」

「はい! わたしの体はオリハルコンに変えることもできるんですよ!」

そういえばゴールデンスライムはその姿をオリハルコンに変えることもできるんだっけ。

どんな攻撃を受けても決して傷つくことはなく、あらゆる攻撃を無効化するという伝説の金属だ。

それならドラゴンの攻撃を受けても平然としていられるのもわかる。

ドラゴンが逃げるように空へと飛び上がった。

まさか受け止められるとは思っていなかったのかもしれない。

「逃がしません！」

ライムが地面を蹴ると、遙か高くに避難していたはずのドラゴンと同じ高さにまで飛び上がった。

「カインさんを傷つける悪いやつはおしおきです！」

小さな拳を握りしめてドラゴンの胴体に打ち付ける。

咆哮よりもはるかに巨大な打撃音を響かせてドラゴンの巨体が叩き落とされた。

墜落した森の木々を吹き飛ばしながら滑走し、大地に巨大な溝を作る。

僕もアルフォードさんも唖然としていた。

まさか世界最強とも言われるモンスターを一撃で倒すなんて。

そういえばライムは「この辺りには驚異となりそうなモンスターはいない」と言ってたけど、あれはライムにとっては楽勝な相手しかいない、という意味だったのか。

オリハルコンは、防具にすればあらゆる攻撃を防ぐ最強の防具となり、武器にすればあらゆる敵を打ち倒す最強の武器になると聞いたことがある。

かつて世界が魔王に支配されていたころ、不死身ともされていた魔王を倒した勇者が装備していたのも、このオリハルコンシリーズの武具だったって伝説があるくらいだ。

さすがにずいぶん昔の話だからどこまで本当かはわからないけど、今のを見ると、もしかしたら

本当なのかもって思っちゃうよね。

「カインさん大丈夫ですか。もうすぐ終わるのでちょっとだけ待っててください」

ドラゴンを吹き飛ばしたライムが着地してきた。

落ちてきた勢いを利用してひざを深く曲げると、再び地面を蹴って落下したドラゴンへ向かう。

「待ってライム！」

僕の声と同時に、超スピードで駆けだしていたライムがピタリと停止した。

「はい、なんですか」

「もしかしてトドメを刺そうとしてた？」

「もちろんです！　カインさんを傷つけるとどうなるか周囲に見せつけないといけません！」

ぐっと両の手を握りしめて物騒なことを宣言する。

やっぱりライムはこういうことになると怖いことを平気でしようとするみたいだ。

「じゃあ止めてよかったよ」

「どういう意味ですか？」

生きるか死ぬかの世界で生きてきたライムにとっては、倒れた敵にトドメを刺すのは当然のことなんだろうけど。

「後は僕に任せて」

歩きだそうとした僕のとなりでは、アルフォードさんがまだ驚きに固まっていた。

「ドラゴンをパンチで倒した……？　君はいったい何者なんだ……!?」

あんなのをいきなり見せられたらそりゃ驚くよね。

ライムの正体を知っていた僕だってビックリしたくらいなんだから。

たずねられたライムがニコッと笑みを浮かべる。

「わたしですか？　わたしはライムといいます！　カインさんに付けてもらった名前なんですよ！」

元気いっぱいの答えに、アルフォードさんも面食らったみたいだった。

「あ、ああ。ライム君というのか。そうか、よろしく。しかし、私が知りたかったのは名前ではなく……。それにカイン君に名前を付けてもらったというのは、いったいどういう……。子供にも見えないし……」

「……？」

ライムが首を傾げる。

アルフォードさんの疑問が理解できてないみたいだ。

二人の誤解を解いてあげたかったけど、今は説明している時間がない。

僕は急いで倒れたドラゴンのそばへと向かった。

ライムの一撃を受けて動けないみたいだったけど、意識はあるようだった。血走った目が僕をにらみつけ、口のあいだからは炎のブレスが漏れている。

近づく奴には容赦しないぞというサインだ。これ以上近づいたらあっという間に丸焦げにされてしまうだろう。

「カイン君!? 手負いのドラゴンは危ない、逃げるんだ！」

アルフォードさんの叫び声が聞こえる。いつのまにかライムも僕のすぐ横に立っていた。

ドラゴンは威嚇してくるけど、それ以上攻撃してくる様子もない。きっとライムを警戒してるんだろう。

じゃあ今のうちだ。

ここに来るまでのあいだに調合しておいたもう一つのアイテムを取り出す。

さっきと同じ薬草だけど、こっちはドラゴンに合わせて少しだけ特殊な加工をしてあるんだ。

火を付けて地面におくと、立ち昇りはじめた煙がドラゴンの鼻孔を通じて体内に入っていく。

血走っていた目がとろんとしはじめ、やがてゆっくりと閉じていった。

「よかった。ちゃんと効いたみたいだ」

「カインさん、これは？」

「眠り薬だよ。ドラゴンだって生きてるんだ。無理に命を奪うようなことはしたくないからね」

気がつくと、ライムがいつもニコニコしている笑顔をさらにニコニコとさせて僕を見ていた。

「どうしたの？」

「やっぱりカインさんステキです。えへへ」

「そ、そう？　ありがとう」

それがどうして笑顔につながるのかわからないけど。

今までのライムにとっては、きっと戦うことが当たり前だったのかもしれない。

でもこれからは、そういう殺伐とした生き方じゃなくて、もっと普通の女の子らしい毎日を送ってほしいんだ。

「なんだ？　眠った、のか……？」

アルフォードさんが恐る恐るといった様子で近づいてくる。

「眠り薬をかがせましたから、しばらくは目を覚まさないと思います」

「ドラゴンに睡眠薬……？　そもそも竜族に状態異常が効くなんて聞いたこともないが……」

竜の鱗はあらゆる攻撃を跳ね返し、魔術的な効果も無効化する事で有名だ。

睡眠や麻痺の魔法もまず無効化されてしまう。

だから全部無効だと思っている人は多い。

「でも、ドラゴンだって生きてるんですから、眠ることもあるし、お腹が空けばご飯も食べます。眠らないわけじゃないんです。だから、眠り薬の中に鎮静効果のある薬草と、ドラゴンが好む果実を混ぜました。人間でも同じようなお香をたくことでリラックス効果が出て眠りやすくなるでしょう。ドラゴンだって、そうすることで効きやすくなるんですよ」

ドラゴンは静かな寝息をたてている。

リラックス効果のある薬草がよく効いてるみたいだ。

「ドラゴンって強い魔物として有名ですけど、本来は無差別に人間を襲うようなモンスターではないんです。だけど攻撃を受けて興奮していたり、怯えているときなんかは我を忘れて暴れてしまうことがあります。そういうときにはこの眠り薬を使うことにしているんです」

僕がドラゴンの鼻先をなでると、気持ちよさそうにぶるるっと身じろぎをした。

そこには先ほどまでの興奮した様子は感じられない。

その様子をアルフォードさんは呆然と見つめていた。

「我が騎士団でも傷ひとつ付けられなかったのに、それを君たち二人だけで無力化するなんて……。君たちはいったい何者なんだ……」

「僕はただのレベル１の冒険者ですよ」

「レベル１だって!?　信じられん！　ドラゴンといえばレベル２００を超えた熟練冒険者でも勝てるかどうかわからない相手だぞ！」

そう言われても、事実なんだからしょうがない。

はじめは信じてくれなかったアルフォードさんだったけど、冒険者カードを見せたらさすがに信用してくれた。

「まさか本当だとは……」

冒険者カードを驚愕の表情で見つめている。

むしろレベル１だからこそ、こうしてモンスターと戦わずにすむ方法ばかり探してきたんだ。

だからモンスターのことはたくさん研究したし、薬草とかアイテムの作り方もいっぱい勉強した。

モンスターの観察は僕の趣味にもなってるしね。

「いや、確かにカイン君もすごいが、それよりもライム君だ。ドラゴンを素手で倒すなんて信じられない。今でも夢を見てるのではと疑っているくらいだ。まさか君もレベルは1なのか？」

ライムが首を傾げる。

「レベルとかはよくわからないです。その、冒険者カード？　ですか？　それは持ってないので」

「カードを持ってない……!?　今時そんな人がいるとは」

まあ普通はそうだよね。

冒険者カードでできることは多いし、自分のスキルを知るためにもカードは必要だ。

この世界で冒険者カードを持ってないなんてよほどの事情がある人以外はあり得ない。

なにか特別な事情があるか、あるいは、情報を知られたくない犯罪者か。

このままライムの正体を黙っていても、アルフォードさんに疑われるだけだろう。

ここは正直に言うしかない。

「ライムは実は、人間じゃないんです」

「人間じゃない？　それはどういう意味なんだ？」

うーん、説明するより実際に見てもらったほうが早いかな。

「ライム、他の人に姿を変えられる？」

「はい、わかりました」

ライムの全身がどろどろと溶けて崩れると、すぐに別の女性の姿に……僕もよく知っているセーラの姿になった。

やがてライムは元のライムの姿に戻る。

アルフォードさんはその様子をぽかんとしたまま見つめていた。

「そういうわけなんです。このことは秘密にしててもらえませんか」

ライムが幻の超レアモンスターであることだけは伏せておいた。

アルフォードさんを信用してないわけじゃないんだけど、さすがにそこまではどうしてもね。

アルフォードさんが我に返ったようにうなずく。

「あ、ああ。事情は理解した。もちろん誰にも言わない。君たちには命を助けられているし、人に危害を加えることもなさそうだから、報告の必要はないだろう」

「ありがとうございます」

「礼を言うのはむしろこちらのほうだ。ただ……ドラゴンが倒されたところは、おそらく部下たちにも見られているだろう。君たちのことを隠すためには、ドラゴンを退治したのは私ということにしなければならない」

「もちろん大丈夫ですよ。むしろそうしていただいた方がいいくらいです」

ドラゴンを退治したとなれば、ドラゴンスレイヤーの称号を受けることになる。

いうまでもなく誰もがあこがれる最強の称号だ。

そんなものを僕やライムがもらうことになったら注目の的となってしまう。

レベル1の僕には分不相応だし、ライムに注目が集まるのはまずい。

むしろ頼んででもアルフォードさんにもらって欲しかったくらいだ。

「すまない。本来は君たちの名誉なのに」

「気にしないでください。そういう名誉はアルフォードさんのほうがふさわしいと思います」

「この恩はいつの日か必ず返す。この剣に懸けて誓おう」

片膝を地面に着き、剣を垂直に構える。

騎士についてはは詳しくないけど、騎士団の隊長が持つ剣はどれも、国王から直々に賜ったものだと聞いたことがある。

それに懸けて誓うということは、きっと特別なことなんだろう。

僕たち庶民なんて貴族の人からしてみたら取るに足らない存在なはずだけど、こうして敬意を払ってくれるのがアルフォードさんの人柄なんだろうな。

「私は王都騎士団総長にして第一騎士団隊長アルフォード＝フォン＝バウエルンだ。もしなにか困ったことがあった場合は遠慮なく連絡してくれ。全力で君たちの剣となろう」

「困ったときはお互い様ですから、そんなにかしこまることもないですけど」

「君は不思議な人だな。ドラゴンを倒したあとだというのに、驕《おご》るでもなく自然体のままだ。私でさえ興奮を抑えきれないというのに」

「僕もビックリはしていますけど、まあ倒したのはライムですから。僕はそこに眠り薬を嗅がせただけなので」

そんなのは僕じゃなくてもできることだ。

そう思っていたんだけど、アルフォードさんはかすかな笑みを浮かべた。

「眠らせるだけ、か。それを実際にできる者が世界に何人いることか……」

「単にみんなが知らないだけだと思いますけど」

「確かに今後の対ドラゴン戦闘のあり方を考え直す必要はありそうだな」

そう言うとその場で立ち上がった。

「さて、私はそろそろ戻らなければならない。ろくにお礼ができていないのは心苦しいが……」

「気にしないでください」

「そうだな、これ以上言っても君は謙遜するだけだろうからな。そのかわり、王都に来たらぜひ私のところに顔を出してくれ。できる限りのもてなしをすると約束しよう」

「そうですね。そのときはぜひお願いします」

「ああ。ではまた会おう」

アルフォードさんは一礼すると、駆け足で森の奥へと向かっていった。

先に逃げていった騎士団の人たちと合流するつもりなんだろう。

それにしても、最後まですごく礼儀正しい人だったな。貴族中の貴族ともなれば、僕たちみたいな庶民なんて気にもかけないのが普通だと思ってたけど、さすがは騎士団のトップに立つ人だ。

走り去っていく背中を見守っていると、ライムが僕を振り返った。

「私たちも帰りますか？」

「心配ないとは思うけど、一応ドラゴンが起きるまで待とうか」

元々人を襲うようなモンスターじゃないから、落ち着きを取り戻せば冷静になるはずだけど。

それからしばらくして、ドラゴンの瞳がうっすらと開いた。

瞳の奥で僕とライムの姿を捉えると、のっそりと上体を起きあがらせる。

襲いかかってくる気配はない。血走っていた目も元に戻り、冷静さを取り戻したみたいだった。

牙の並んだ口を開き、わずかな吐息を漏らす。

「どうやら迷惑をかけちゃったみたいだね」

竜の口から響いた言葉に僕は驚いた。

「まさか話せるの？」

「うん。じいちゃんに教えてもらったんだ」

人間の言葉が話せるドラゴンとなると、その数はとても少ない。

エルダードラゴンと呼ばれる古竜の血を継いだ種族だけのはずだ。

「人間が好きだから人間たちのところに遊びに行ったんだけど、そうしたら攻撃されちゃって。それでびっくりして我を忘れちゃったんだ」

「人間は君たちから見たらとても弱いからね。君みたいな大きなドラゴンが近づくと怖くなっちゃうんだよ」

「そうなんだ……。悪いことしちゃったな」

落ち込んだように首をうなだれる。

それから、となりに立つライムに目を向けた。

「キミは不思議な匂いがするね。人間じゃないの?」

「はい。ゴールデンスライムです」

伸ばした腕がスライム状に液化する。ドラゴンが吐息のようなものを漏らした。

「そっか。人間の姿になれば怖がられないんだね。うらやましいなあ」

吐息のようなのは、もしかしたらため息だったのかもしれない。

「エルダードラゴンの中には人の姿になれる者もいるって聞いたことあるけど」

老人の姿になって勇者に助言を与える伝説とかは世界中に存在している。

「じいちゃんはできると思うけど、ボクはまだ教えてもらってないんだ」

「君のおじいちゃんっていうのは、何歳くらいなの」

「二千年くらいは生きてるって言ってたよ。でももうボケちゃってるから、本当かどうかはわからないな」

「もし本当に二千年も生きてるなら、ほとんど伝説級のドラゴンじゃないか……」

もしかしたら伝説に残っているエルダードラゴン本人の可能性もある。

これはすごいことだ。

ライムも幻のレアモンスターだけど、二千年も生きるエルダードラゴンとなると神話級の存在だ。

しかもその孫までいて、人間の世界の話をしたり、ドラゴンの知識を教えているなんて聞いたこともない。

もしかしたら、彼らは僕らが思っている以上に人間に近い暮らし方をしているのかも。

それから僕はしばらく竜についての話をドラゴンから聞いていた。

どれもこれも聞いたことのない話ばかりで、僕は興奮がさめやらない。

今すぐにでもモンスター図鑑に書き記したいくらいだ。

そんな僕の横で、ライムがぷくっと頬を膨らませた。

「むうう……。なんだかとっても気持ちが落ち着かないです」

「どうしたの？」

「全然なんでもないです！」

そう言うけど、どうみたって不満顔だ。

ふくれっ面のまま真横を向いて目も合わせてくれないし。

うーん、なにを怒っているんだろう。

「ここにいると人間に迷惑をかけるみたいだし、ボクはもう行くね」

二本足で立ち上がると、ライムに攻撃されたおなかの辺りが赤くなっているのが見えた。鱗も一部がはがれている。

ドラゴンがしっぽを回して傷の辺りをなでると、赤くなっていた部分はあっという間に再生して元通りになってしまった。

どうやらほとんどダメージになってなかったみたいだ。

やっぱり伝説のエルダードラゴンなだけあってすごいなあ。

新しい鱗も再生して、古くなった鱗が一枚はがれて地面に落ちる。

「それはキミたちにあげるよ。ボクたちの鱗は人間にとっても貴重なものなんでしょ」

「本当にいいの？　貴重なんてものじゃないよ。ありがとう」

竜の鱗は、オリハルコンに次ぐともいわれる硬度を持っている。

ものによってはそれ一枚で家が建つくらいの高値で取り引きされるんだ。

子供とはいえ、エルダードラゴンの鱗となったら、家が二、三軒は建っちゃうかも。

「私もそれ欲しいです」

「ライムも？」

「はい」

うなずいて、ちょっと溶けたのか、じゅるりと口から垂れたよだれをぬぐった。

「そういえばドラゴンって食べたことないなと思いまして……」

「ええっ。ボクを食べるのはやめてよ。鱗ならいくらでもあげるから」

尻尾がもう一度おなかの辺りをなでると、鱗がもう一枚地面にはがれ落ちてきた。

さっそくライムが拾い上げると、自分の体に押し当てる。そのまま体内に取り込んでしまった。

「なるほど、これはなかなか悪くないですね……」

満足そうな表情を浮かべる。よくわからないけどお気に召したみたいだ。

「それじゃボクはもう行くね。助けてくれてありがとう。もしボクたちの住処の近くに来たら遊びに来てよ。じいちゃんにも紹介したいし」

「竜の里に入れてくれるの？　それはうれしいな」

ドラゴンたちは、他の種族と会わないよう自分たちだけの住処を持っている。

そこは竜の里とか、竜の楽園とか呼ばれていて、結界によって他の種族は見つけることもできないようになってるんだ。

中に入るには竜の信頼を得て、招いてもらわないといけない。

それができる人間は歴史上でもほんの一握りだろう。

「じゃあまたね」

背中の翼を一度羽ばたかせると、僕たちの何倍もありそうな巨体が一気に空に舞い上がる。

そのまま上空で何度か旋回すると、元来た方角へと飛び去っていった。

「それじゃあ僕たちも家に帰ろうか」

色々あったけど、なんとか無事にすんでよかった。

「そういえばおなかも空いてきました。早くカインさんのご飯が食べたいです！」

「え、今竜の鱗を食べたばかりじゃ」

「なに言ってるんですかカインさん。竜の鱗はご飯じゃないですよ」

ライムに笑われてしまう。

そりゃご飯じゃないかもしれないけど、区別がわからないよ。

美味しいご飯より幸せなものなんてないよね

セーラに採取したクエストの薬草を渡した後、家に戻ってきた。

たった半日程度のクエストだったんだけど、なんだかずいぶんと疲れてしまった。

騎士団の人に会ったり、ドラゴンに襲われたり、色々あったからなあ。

日もすっかり暮れていたため、まずはご飯を作ることにする。

セーラからの報酬を使ってお米を買い、そこにクエストの途中で採ってきた山菜やキノコを入れて一緒に炊くだけの簡単な料理だ。

見た目は質素だけど、採ってきたばかりだから鮮度だけは抜群。

できたてのご飯をテーブルの上に並べると、ライムが目を輝かせた。

「これ、食べてもいいんですか!?」

「もちろん。ライムのために作ったんだから」

苦笑しながら答える。

ライムは「わたしのため……」となにやら感慨深そうにつぶやく。

それから並べられた料理を食べはじめた。とたんに表情がトロトロと崩れる。

「はわぁ……やっぱりカインさんの作る料理は美味しいですぅ……」

「そんなに大したものじゃないと思うけど」

「そんなことないです！　草とかもいっぱい食べましたけど、こんなにおいしい草は初めてです！」

ライムが力説する。

さすがに生の草と比べればなんでも美味しいと思うけど。

ライムのちょっと溶けた幸せそうな表情を見ながら、僕も食べることにする。

うん。なかなか美味しくできてるみたいでよかった。

「おかわりはいくらでもあるから、どんどん食べていいよ」

そのために僕一人じゃ食べきれないほどの量を採ってきてあるし。

「どんどん食べていいんですか!?　はわわぁ……こんな幸せなことがあっていいんでしょうか……」

ずいぶん大げさだなあ。

でも、自分の感情を素直に表現できるのはライムのいいところだ。

それに二人で食べる美味しいご飯が幸せなのは、僕も同じ気持ちだしね。

「カインさんのご飯はとっても美味しいから大好きです」

「ありがとう。そう言ってもらえるとうれしいよ」

「あ、もちろんカインさんのほうが好きですよ。ご飯も好きですが、カインさんのことはもっと大好きです!!」

「そ、そうなんだ。ありがとう」

ニッコニコの笑顔で僕の目を見つめながらそんなことを言うのだから、こっちは恥ずかしくてたまらない。

逃げるようにご飯が入った器へと視線を移動させる。

「えっと、おかわりはいるかな?」

「はい！　いただきます！」

ライムが元気よくうなずいた。

おかわりをよそってお椀を渡すと、すごい勢いで食べはじめる。

「うーん、おいしいですー！」

「ライムはたくさん食べるよね」

「カインさんのご飯は美味しいですから！」

そう言ってから、少し恥ずかしそうに付け加えた。

「それに、交尾をするためにはたくさんのエネルギーが必要ですから、たくさん食べないといけませんし……。たくさん食べて準備も万端ですから、今夜はいっぱい交尾をしましょうね♪」

「うん、交尾はしないからね」

「えー、なんでですかー」

ライムが口をとがらせて不満を漏らす。

なんでって言われてもなあ……。

「でもでも、わたしはすっかりカインさんと交尾すると思っていたので、もうすっかり準備万端といいますか……」

なにやら顔を赤くしてもじもじと僕を見つめてくる。

そんなこと言われても僕としても困るっていうか……。

「そういうことは、その……また今度ね」

今度なんてあるかわからないけど、逃れるためにそう言ってしまう。

ライムもしぶしぶうなずいた。

「うう……。わかりました。雄にも交尾の準備がありますもんね……」

そういう意味で言ったんじゃなかったけど……。

いずれにしろ諦めてくれて助かった。

「そのかわり、カインさんの準備が出来たらすぐに教えてくださいね」

ライムが満面の笑みになって言った。

「わたしの準備は出来てますから、いつでも交尾できますので！」

「う、うん。わかったよ」

かわいい顔でそんなことを平気で言うから、僕としては恥ずかしくてまともに顔を見れなかった。

第2章

クエスト2：一角獣の万能薬

yasashisa shika torie ga nai bokudakedo,
maboroshi no cho rare monster wo tasuketara
natsukarechatta mitai

新しい旅立ちの朝

僕とライムが一緒に住むことになってから三日が経った。

今日の朝食はキノコのスープだ。

出汁がよく効いてるからとても美味しい。

ちなみにスープが多いのは、作るのが簡単で材料費も安く済むからなんだ。

ライムは細い体のわりには、僕の倍以上も食べる。

元がスライムだからか人間みたいに消化するんじゃなくて、全身で食べたものを取り込むみたいなんだ。だから「おなかいっぱい」という感覚がないみたいなんだよね。

そのためいつも安くてたくさん作れる料理ばかりになってしまう。

要するに僕の貧乏が原因なんだけど……。

「はぁ～、カインさんの作るご飯はいつもおいしいです～」

ライムが一口含むごとに幸せそうな表情を浮かべる。

なにを食べてもこんな感じだ。

ライムが言うにはそれだけ僕の料理が美味しいかららしいんだけど。

だからといって、さすがに毎日こんな質素なご飯だと申し訳なくなってくる。

特にライムみたいに喜ばれるとなおさら胸が痛くなってくるよね。

「はぁ〜、ごちそうさまでした！」

「はい、おそまつさまでした」

ライムが鍋に残った最後の一滴までキレイに食べ終えた。

ちなみにこの朝食で僕の家の食料庫は完全に空だ。

もちろんそうなるように計画して使い切ったんだけど。

朝食を終えた後、ライムと一緒に食器を洗い、しっかりと水切りをしてから棚にしまう。

当分家に戻ってくることはないから、汚れもしっかりと落としておかないとね。

隅々まできれいにして準備万端整えると、前日のうちに用意しておいた荷物を肩にかけた。

「それじゃあ行こうか」

「はい！　カインさんとおでかけ楽しみです！」

ライムがうきうきとした表情を隠そうともせずに言った。

ずっと楽しみにしてたみたいだ。

ただそれだけなんだけど、なんだか僕まで元気になるような気がするから不思議だよね。

実はこれから、以前に失敗した一角獣のクエストを受け直そうと思うんだ。

一度行けば十日は帰ってこられないだろうから、しっかりと準備をする必要がある。

同じクエストを二回も連続で失敗するわけにはいかないからね。

それにほかにも事情があったから出発は今日になったんだ。

家を出て鍵をかける。

盗まれて困るものなんてなにもないんだけど、一応ね。

「最初はセーラのお店に行くんですよね？」

クエストを受け直すから、もう一度セーラのクエスト屋に行く必要がある。

だけど僕は首を振った。

「そうだけど、その前に寄りたいところがあるんだ」


そのお店は僕の家と同じで町の端っこにある。

といっても家賃が安いからという理由じゃないけどね。

この辺りに来るのは初めてだったから、ライムが興味深そうに周囲を見回していた。

「ここは人間が少ないんですね」

「このあたりは鍛冶屋さんが多いからね。人の少ない場所をあえて選んでるんだよ」

ライムが首を傾げる。

「かじやさんってなんですか?」

「武器とか防具を作る人のことだよ。僕の知り合いもこの辺にいるんだ」

鍛冶屋は装備を作るだけじゃなく、装備の材料となる素材買い取りも行ってくれる。

僕もクエストで手に入れた素材をよく買い取ってもらってたんだ。

今回はいつもとは目的が違うけど。

歩いてるうちにやがて目指す場所が見えてきた。

炉には常に火が入っているため、中に入る前から熱気が押し寄せてくる。

いつも開けっ放しの扉からは、金属を打つ槌《つち》の音が絶え間なく響いていた。

僕が入っても誰も気がつく気配がない。

「こんにちわー!」

「わー!」

槌の音に負けないように大声を上げると、ライムも真似をして大声を上げた。

「あははは!　なんだか楽しいですね!」

無邪気にはしゃぎ声を上げている。

よく小さい子供が意味もなく大声を上げてるときがあるけど、ライムも同じ感じなんだろうか。

ライムの笑い声を聞いたからじゃないと思うけど、槌の音がやんで、奥から大柄の男性が現れた。

「おう、カインか。よく来たな」

「こんにちはスミスさん」

筋骨隆々という言葉がよく似合う、すごく大柄な人だ。

毎日槌を振るっているから鍛冶師の人はみんな体格がいいけど、この人は特別に鍛えられている。

腕相撲なんかしたら、僕なんて一発で町の反対側まで吹っ飛ばされちゃいそうだ。

「……お、その子が噂のカインの嫁か」

僕のとなりでキョロキョロとしているライムに目を向ける。

この三日で、僕とライムのことは町の人のあいだにすっかり知れ渡ってしまった。

それはいいんだけど、なぜか僕とライムは結婚してると思われてるみたいなんだ。

「ライムと僕はそういうんじゃないですよ」

そのたびに否定するんだけど、誰も信じてくれない。

「ああ、そうだったな。まだ、結婚してないんだっけ。それで挙式はいつなんだ？」

まだの部分を強調してスミスさんがニヤニヤしながら聞いてくる。

一緒に暮らしてるんだからそう思われても仕方ないんだけど……。

ライムが僕の服をつかんで引っ張る。

「カインさん、きょしきってなんですか？」

「お、なんだ嬢ちゃん、挙式を知らないのかい。挙式ってのは結婚するときに行うもんなんだぜ」

地域によっては結婚の習慣がないところもある。

ライムは遠くから来た僕の親戚だとみんなには説明してあるから、スミスさんもそれで知らなかったと思ったみたいだ。

「まあ、夫婦になるための儀式みたいなものだな」

スミスさんの簡単な説明に、ライムが納得したようにうなずいた。

「つまり交尾のことですね！」

「ちがうよ!?」

あわてて否定するけど、ライムはきょとんとしたままだった。

代わりにスミスさんが爆笑する。

「がははは！　その通りだな。なんだかんだ言っても、やることやらなきゃ夫婦とはいえないからな。それで二人はもう『結婚』したのかい？」

スミスさんが含みのある言い方でたずねる。

これたぶん「結婚」について聞いてるんじゃないよね……。

ライムは軽く頬を膨らませて不満顔になった。

「わたしはいつも交尾をしようって言ってるんですけど、カインさんはしてくれないんです」

「ほほう……。嬢ちゃんから誘ってるのに、カインはそれに応えない、と」

ニヤニヤした笑みで僕を見る。

ああこれ絶対ダメな勘違いされてるやつだ。

「今日は頼みたいことがあって来たんです！」

なので本来の目的を頼むことにした。

「頼みたいこと？　結婚の報告に来たんじゃないのか」

「そんなわけないじゃないですか……。今日は珍しい素材が手に入ったので持ってきたんです」

カバンから取り出したものをスミスさんに渡す。

するとニヤニヤしていたスミスさんの顔つきが急に変わった。

「カイン、こいつはもしかして、竜の鱗じゃねえのか!?」

さすが鍛冶師なだけはある。物を見せた瞬間にそれが何であるのか見抜いたみたいだ。

竜の鱗を叩いたり光に透かしたり、色々な角度から調べはじめた。

「こいつはまちがいなく本物だな。それに状態もいい。なんていったらいいんだろうな。新鮮というか、まるで生きてるみてえだ」

「さすがスミスさんですね。実はつい先日手に入れたばかりなんですよ」

「ってことはまさか、この前に襲ってきたっていうあのドラゴンの鱗なのか!?」

あのときは町からでも見えたらしく、ちょっとした騒ぎになってたっけ。だからスミスさんも知ってたみたいだ。

「そういやカインたちがあのドラゴンを退治したって噂を聞いたな。そんなことあるわけないって笑い飛ばしといたが、まさか本当なのか？」

「そ、そんなことないですよ。倒したのは騎士団総長のアルフォードさんです」

僕はとっさにそう言った。

本当はライムが倒したんだけど、それだと騒ぎになっちゃうからアルフォードさんが倒したということにしてもらったんだよね。

アルフォードさんの名前を聞いたスミスさんが表情を変えた。

「アルフォードだあ？　あの騎士団のひよっこが倒したってのか？　そいつはずいぶんと立派になったもんだな」

「お知り合いなんですか？」

「これでも昔は王都にいたからな。騎士団の武器を手がけたこともあったもんだよ」

懐かしそうに語る。

王都騎士団の総長になれるのは、武勲や実力だけじゃなく、貴族中の貴族の生まれでなければならないと言われてる。

そんなアルフォードさんと知り合いだなんて意外だ。

それに、騎士団の武器を手がけるなんて、普通に考えれば相当にすごいことのはずだ。

「スミスさんって、実はすごい人だったんですか？」

「おうおう、なんだ今さら。知ってて贔屓《ひいき》にしてくれたんじゃないのか」

「王都にいたなんて初めて聞きましたよ。僕はただ、スミスさんがこの町で一番腕がいいなと思ってただけです」

そもそもスミスさんは『鍛冶屋は口で語るもんじゃねえ、仕事で語るもんだ』と言って自分のことは全然話してくれない。

むしろ今日が今までで一番話したんじゃないかってくらいだ。

僕の答えに気を良くしたらしく、スミスさんが大声で笑い出した。

「うれしいこと言ってくれるじゃねえか。カインにそう言われるのが俺も一番うれしいぜ」

「僕なんかにほめられてもしょうがないと思いますけど」

「なに言ってんだ。カインこそこの町で一番の目利きじゃねえか」

「僕が？」

そんなこと言われたのは初めてだ。

「この竜の鱗だってそうだ。普通はこんなの持ってこれねえ。この一件だけでもカインの腕がわかるってもんだぜ」

「それを手に入れたのは本当にたまたまなんですけど」

我を忘れて暴れていたドラゴンを助けたら、お礼にもらったものだ。

そんなつもりで助けたわけじゃなかったから、鱗をもらったのは本当に偶然なんだよね。

だからそれを僕の実力とか思われると、ちょっと恥ずかしいというか、騙してるみたいで申し訳ない気持ちになる。

「それに僕なんてまだレベル1のままですし」

「レベル1の冒険者が竜の鱗を持ってくるなんて、そっちのほうがよっぽど大事件だがな」

そういうものなんだろうか。

「つまりカインさんはやっぱりすごい人だったってことですね！」

ライムがニコニコと笑顔になっていた。

まるで自分のことみたいにうれしそうだ。

スミスさんがどこか遠い目で当時のことを話しはじめる。

「王都にいた頃の俺は、そこそこ名前が知られている鍛冶師だったんだよ。だけどそうなるとな、客の目が変わるんだ。どんなにすばらしい作品を作ったとしても『俺が作った武器』というだけで誉められるようになる。どんなにいい武器を作ったとしても、どんなになまくらな武器を作ったとしても、同じように大絶賛されちまうんだ。そんな状況じゃ上達するわけもねえ。腕は落ちていく一方だったよ」

苦笑しながらつぶやく。

「だが当時の俺はそれをわかってなかった。天才だなんてうぬぼれちまったのさ。気がついたときにはもう手遅れだった。どうやって武器を作っていたのかも忘れていたんだよ」

「武器の作り方を忘れるって、スミスさんがですか？」

この人は暇さえあれば炉に火を入れて何かを作っているような人だ。鍛冶をしていないところなんて想像もできない。

「あの時の俺は鍛冶をしてたんじゃねえ。鉄を叩いてただけだ。それこそ自動人形のようにな。それで王都を出てこの町に来たってわけだ。ここなら俺のことを知るやつもいなかったからな。いちから鍛冶屋として再出発できると思ったんだ」

厳めしい顔つきのスミスさんが、どこか子供のような笑みを浮かべた。

「だから、カインみたいな本物に認められたってことは、俺もちったあまともな鍛冶屋に戻れたってことなんだろう。それがうれしいんだよ」

「そんなの買いかぶりすぎですよ。僕なんてまだまだです。それにスミスさんは会ったときからすごい鍛冶師でしたよ」

「お前は妙にモンスターに詳しいからな。持ってくる素材はどれも一級品だし、このドラゴンの鱗だってそうだ。こいつはただの鱗じゃねえ。鮮度がいいだけじゃなく、ドラゴンの中で最も希少かつ最も素材として優れている『逆鱗《げきりん》』と呼ばれる部分だ。まさかドラゴンを倒したわけじゃないんだろう？　いったいどうやって手に入れたんだ」

そんなにすごい物だったんだ。全然知らなかった。

「それはお礼にもらったんです」

「お礼って、騎士団の奴らがくれたのか？」

「いえ、ドラゴンがくれたんですよ」

「ドラゴンがくれただぁ!?」

正直に言ったらスミスさんがものすごく驚いた。

「ドラゴンってあのドラゴンだろ。凶悪なモンスターがお礼をくれるって、どんなひどいことしたらそうなるんだよ」

「ちがいますよ。なにもしてないです」

「そうです！　カインさんがひどいことなんてするわけありません！」

ライムが急に会話に割り込んできた。

「寝てるところをカインさんが起こしてあげただけです！」

「寝てるドラゴンを起こすって、それはそれですげえ度胸だな……。俺なら近づかずにさっさと逃げるぞ。前から思ってたが、カインはレベル1のくせに妙に度胸があるよな」

「モンスターには少し詳しいので、危険な魔物とそうじゃないのがわかるだけですよ。本当に危険な魔物が相手なら、僕だってすぐに逃げますから」

「ははは、それが一番だな。死んじまったらなんにもならない。生きてこそ次の冒険にも行けるってものだからな」

僕もその通りだと思う。無理が一番良くないよね。

「それでこの竜の鱗は買い取りでいいのか。こいつなら結構な高値になると思うぞ」

竜の鱗というだけでも高い値段で取り引きされるけど、さらに希少な逆鱗となれば、価値は数倍から数十倍に跳ね上がるはず。

僕もついに町の中央に引っ越しできそうだ。

ライムと一緒でも十年は食べるものに困らないかも。

でも。

「いえ、もらった物を売るのも悪いですし、今日は加工してもらおうと思っていたんです」

「ドラゴンシリーズか！　そいつはいいな！」

スミスさんがむさ苦しい顔を快活に輝かせた。

「カインは弱っちいから装備くらいはいいものをそろえたほうが良いだろうしな！　それでなんにする？　剣か？　盾か？　それとも鎧にするか？　なんでもいいぞ！」

「スミスさん、なんか急にテンション高くなってないですか？」

いつも高いけど、今は特に興奮してるように見える。

「ドラゴンシリーズの装備といったら鍛冶師のあこがれのひとつだからな！　それを作れると知って興奮しないやつなんかいねえよ！」

なるほど、そういうものなんだ。

でも興奮するのはわかる。

竜の鱗っていうのはそれだけすごいものだからね。

防具にすればドラゴンと同じ耐久力を得られるし、武器にすればどんなものでも切り裂く最強の武器になる。

竜の鱗を切れるのは竜の鱗だけ。なんていわれることもあるくらいだ。

もし竜の鱗を取ってくるクエストがあったら、どんなに低くてもランクはＳＳ級になる。

一般人が目にすることはまずないくらいのものなんだ。

そんな竜の鱗を使ってなにを作るか。

それは昨夜のうちから決まっていた。

「じつは鍋を作ってほしいんです」

そう伝えたら、スミスさんの目が丸くなった。

「は？　鍋？　鍋ってあれか、料理するときに使うあれか？」

「そうです。その鍋です」

竜の鱗ならどんなに強火でも焦げ付かなくなるし、炒め物もからっと炒めることができる。軽くて丈夫で火の通りもいい、理想の鍋ができあがるはずだ。

「色々考えたんですけど、そもそも剣技スキルもない僕が強い剣を持ったところで当てられるとは思えないですし、鎧なんて着たら重さで動けなくなっちゃいます。だから武器を作るよりも、料理に使える鍋のほうがよっぽど僕らしいんじゃないかと思いまして」

僕には武器なんて必要ないし、ライムは下手な武器より自分をオリハルコンにしたほうが強い。

それよりも、よく火が通るようになり、いっさい焦げ付かなくなる竜鱗の鍋のほうが僕にとってはありがたいんだ。

もっとも、スミスさんにはそれが信じられないみたいだった。

「おいカイン、それは本気で言ってるのか？　世界最高峰の素材を使って、この俺に焦げ付かないだけの鍋を作れっていうのか!?」

声が震えている。

もしかして怒らせちゃったんだろうか。

ドラゴンシリーズを作れると喜んでいるスミスさんに対して、ただの鍋を作ってほしいなんて頼むのは失礼だったかな。

今からでも別のものに変えたほうがいいかなと考えていると、スミスさんはやがて肩まで震わせ、天井に向けて大声を発しはじめた。

「……くくく、がはははははっ!!」

今日一番の大声で笑い出す。

「そいつはいい、最高じゃねえか！　竜鱗の鍋なんてこの世界で誰も作ったことないだろう。俺がそれを作った世界で最初の鍛冶師になるってわけだ。それでこそこの町に来たかいがあるってもんだ！　こんなものお上品な騎士様どもじゃ絶対に思いつかないだろうからな！」

こんなに上機嫌なスミスさんは初めて見た。

「いいぜ、任せとけ！　この俺が腕によりをかけて世界最高の鍋を作ってやる!!」

「はい、よろしくお願いします」

スミスさんの腕は僕もよく知っている。

世界最高の鍋を作ると言ってくれたのなら、本当に世界最高の鍋を作ってくれるだろう。

「しかし念のためにもう一度確認するぜ。一度素材にしちまったらもう取り戻せねえ。中には『解体』のスキルを持ってるやつもいるらしいが、基本的に材料にした素材は返ってこない。料理用の鍋にしていいんだな」

「ぜひお願いします。レベル1の僕が最強の剣を持ってたって使いこなせないですから」

強い武器を使って敵を倒すことよりも大切なことが今の僕にはある。

「なにしろ、美味しい料理を待ってくれてる人がいるからね」

「カインさん……」

ライムがデレデレになって僕を見つめる。

たぶん美味しい料理と聞いてガマンできなくなったんだろう。

その顔はゆるみきっていて、まるで溶けた氷のように……って本当に溶けてる溶けてる！

慌ててライムの肩をつかむと、スミスさんに背を向けるように方向転換させた。ちょうど僕と見つめ合うような格好だ。

危ない危ない、溶けてる顔なんて見せたら正体がバレちゃうよ。

「おーおー、朝っぱらから見せつけてくれるねえ。かーっ、俺もあと十歳若けりゃ見せつけてやるんだがなあ」

なんか勘違いしたような声が聞こえてくる。

ちょうど僕から見てライムの顔とスミスさんの頭の位置が重なっているけど……。

なにを勘違いされてるんだろう。


スミスさんの店を出たあとは、セーラの店にやってきた。

「おはようカイン」

今日も店の制服を着たセーラが出迎えてくれる。

「その様子だと本当にもう一度受けるみたいね」

このあいだ失敗した一角獣のクエストをもう一度受けることは、事前にセーラにも伝えてあった。

「失敗したままだと悪いから、今度こそちゃんと達成しないとね」

「ライムちゃんも一緒に？」

「はい！　カインさんとお出かけしてきます！」

ライムが元気よく答える。

「カインがライムちゃんとねえ。今までずっと一人だったのにずいぶんな心境の変化なのね」

「前回のクエストは一人で大変だったのもあるしね。ライムなら心配ないし、手伝ってもらえるなら僕も助かるから」

「……アタシが手伝うって言ったときは断ったくせに」

「セーラにはこのお店があるじゃないか。僕なんかの手伝いなんて申し訳ないよ」

「そんなの気にしなくていいのに。だいたいこの店だってカインのために始めたようなものだし、アンタの頼みだったら、アタシは……」

「そう言ってくれるのはうれしいけど、やっぱりそういうわけにはいかないよ」

セーラの店はいつも繁盛している。態度には出さないだけでかなり忙しいはずだ。

それでも僕のことを気にかけてくれて、とても良くしてくれている。

なのにさらに手伝いまでしてもらうなんて、さすがに悪いからね。

僕にできることは僕がやらないと、セーラにいつまでも心配かけちゃうし。

セーラがわざとらしくため息をつく。

「はあ、もういいわよそんなことは。アンタたちは一緒に住んでるんでしょ」

「ええと、まあ、うん。一応はそうかな」

一応もなにも一緒に住んでるのは紛れもない事実なんだけど、そういう風に言われるとやっぱり恥ずかしくなってしまう。

まだ三日しか経ってないからね。慣れてないんだよ。そういうことにしていてくれるとうれしい。

「……ライムちゃんがモンスターとはいえ、男女が一緒に住んでるんだから、どうせ毎日イヤらしいこととかしてるんでしょ」

「な、なに言ってるんだよ！　イヤらしいことなんて……」

してないよ、と言いたかったけど、以前のことを思い出してつい口ごもってしまった。

セーラがめざとく僕の変化に気がつく。

「ふうん、やっぱりそうなんじゃない」

「い、いや、セーラが言うようなことはなにもないよ！」

僕とセーラのやりとりを、ライムがきょとんとして聞いていた。

「いやらしい、ってなんですか？」

「ええ!?　そ、それはその……セーラが詳しいんじゃないかなあ」

「はあ!?　なんでアタシに振るのよ！」

怒るセーラから僕は目を背ける。

でもセーラが言い出したことだし。説明責任はきっとセーラにあるはずだ。うん。

ライムが興味津々の瞳でセーラに迫る。

「セーラさん、いやらしいことってなんですか？」

言葉だけ聞けばひどいセクハラおやじに絡まれてるようにも見えるけど、相手は純真無垢なライムだからなあ。

セーラもたじたじのようだった。

「そ、それはその……ら、ライムちゃんは夜寝るときとかはどうしてるの？」

「寝るとき、ですか？　ベッドで寝ていますけど」

「一人で寝てるの？　カインは一緒じゃないの？」

ライムが小さく首を振る。

「カインさんは一緒に寝てくれないんです。わたしはいつも誘ってるんですけど……」

「あ、そ、そうなの。一緒に寝てるわけではないのね。……でもライムちゃんからは誘ってるのね」

「はい！　早くカインさんと交尾したいんです！」

なんということを大声で宣言してるんだ。

一応他のお客さんもいるんだけどな……。

なんかみんなこっちを見ていないのが逆に怪しい。

クエストボードの目の前にいるのに、さっきから全然クエストを見てない人もいるし。

あれ絶対聞き耳立ててるよね……。

「ふうん。ライムちゃんから毎晩誘われてるのに、カインはまだなにもしてくれないんだあ」

なぜだかセーラがニヤニヤとしながら僕を見ている。

スミスさんの時とまったく同じ反応だ。

言いたいことはわかってるから僕はあえて目を逸らしたままにした。

どうせヘタレとかなんとか思ってるんだろう。

実際ヘタレと言われればそうなんだろうけど、でもライムはまだそういう感情に疎そうだし、やっぱりちゃんとしてからでないとダメというかなんというか……いやまあ、ちゃんとしたらちゃんとするのかと言われると、それはまた別の問題なんだけど……。

思い悩んでいると、ライムがニコニコと笑顔になった。

「カインさんは一緒には寝てくれませんけど、朝起きるといきなり襲ってきたりするんですよ」

えっ。

「いつもは優しいんですけど、そういう時のカインさんはすごく強引で、とっても激しいんです」

「なに言ってるの!?」

あわてて止めようとするものの、もうすでに遅かった。

セーラがわずかに頬を赤くしながらもまっすぐに僕たちを見ている。

「寝てるところをいきなり……。そ、それで、そのあとはどうしたの？」

「わたしも最初はびっくりして離れようとしたんですけど、カインさんは力強くわたしを抱きしめて離してくれなくて……。わたしの体を優しく触ったり、服を脱がそうとしてきたり……」

「さ、触ったり、脱がそうとしたり……?!」

「そうなんです。それからは、わたしの知らないことでいっぱい気持ちよくしてくれて、だんだん力が抜けてなにも考えられなくなっちゃって……」

「なにも考えられなくなっちゃうなんて……そんなにすごいの？」

「はい、とってもすごいんです！　いつもは優しいのに、交尾のときは急に強引になって……。そんなにわたしと交尾したいのかなって思うと、なんていうのか、胸がキュンキュンしてきて……」

「ふうん、やっぱりカインも獣なのね……」

セーラが僕を軽蔑するような、ちょっとだけ見直すような複雑な目を向けてくるけど、僕には全然心当たりがないので反応に困ってしまう。

「それで力が抜けて横たわっているところに、カインさんの大きなものがわたしの中に入ってきたんです……。最初は苦しいんですけど、それがだんだん気持ちよくなってきて……」

僕の腕がライムの体の中に入っちゃったときのことを言ってるのかな。なにも間違ってないけど、ちょっとだけ言葉が足りないのはまだ人間の生活に慣れてないからなのかな？

「おっきいのが、気持ちいい……」

セーラの顔はもう真っ赤だ。

それでもライムの言葉に真剣に耳を傾けていた。

「そういうのって、その……痛いって聞くけど、大丈夫だったの？」

「痛いというか、わたしの中に入ってくるのがちょっと苦しいって感じです。でもそれ以上に、カインさんをたくさん感じられるのがとてもうれしいんです」

「やっぱり、そういうのってうれしいんだ……」

「はい！　それが雌の本能ですから！」

恍惚とした表情で話すライムと、それを真っ赤になりながらも興味深そうに聞くセーラ。

ライムの話すことはなにも間違ってないんだけど、なんだろう、なんだかものすごく間違っている気がしてならない。

かといって今さら止められるはずもなく、僕は少し離れたところからいたたまれない気持ちでそれを聞いていることしかできなかった。

ちなみにそのあいだお客さんが増えることはあってもは減ることはなく、みんな黙って聞き耳を立てていた。

明日からはヘンな噂が広がってるんだろうなあ……。


色々あったけど、なんとか一角獣のクエストを受け直すことができた。

たったそれだけのことなのにどうしてこんなに疲れてるんだろう。まだ町を一歩も出てないのに。

そんなことを考えながら、僕たちはとある店の前にやってきた。

店といっても無人で誰もいない。

かわりに待ち合わせ用のベンチが置かれている。

「時間まで待たせてもらうことにしようか」

僕が座ると、ライムがぴったりと体をくっつけて座ってきた。

ちょっと近い気もするけど、ニコニコとした笑みを見てると離れてなんて言えるわけないよね。

なので僕はなるべく気にしないことにした。

そんな僕の葛藤に気がついているのかいないのか、ライムがますます密着してくる。

「またこのあいだの山に行くんですか？」

「い、いや、今回のクエストは『一角獣の万能薬』だからね。一角獣のいる場所まで行く予定だよ。ちょっと遠いんだけどね」

依頼されたアイテム「一角獣の万能薬」は、一角獣の角を使用して作られる。

ユニコーンと言ったほうが知ってる人は知ってるかもしれないね。

あらゆる病気を治し、使い方によっては死亡以外のどんな怪我も治してしまうくらいすごいアイテムだ。

その効果は以前にライムに使った通り。

だからそのアイテムの存在が知られると同時に、世界中で一角獣が狙われるようになったんだ。

おかげで絶滅寸前にまで数を減らし、一角獣も極端に人間を避けるようになってしまった。

「だから人里離れた場所にまで行かないといけないんだ」

「そうだったんですか……」

ライムが暗い表情でうつむく。

同じく人間から狙われているレアモンスターとして、人に襲われ絶滅寸前になったという一角獣に思うところがあるんだろう。

「カインさん……」

すがるような視線が僕を見る。

安心させるようにゆっくりとうなずいた。

「大丈夫だよ。一角獣を傷つけるようなことはしないから。前のときもお願いして少しだけ譲ってもらっただけだし」

「そうですか、なら安心です」

ライムがホッとした表情になる。

「目的の場所は遠いからね。まずは隣町に行く予定だよ」

「となりまち、ですか？」

「うん。一角獣は山を三つも越えないとたどり着けないような山奥に住んでるんだ。だから準備はしっかりとしていかないといけない。そのためにもまずはここよりも大きくて、冒険者用の店がたくさん並んでいるケープサイドに行く必要があるんだ」

「じゃあまた歩きですね」

「いや、歩くと二日くらいかかっちゃうからね。馬車で行く予定だよ」

僕たちが今いるところは馬車の停留所だ。

出発まで三日待ったのも、この馬車を待つためなんだ。

この町は人も滅多に来ない田舎だから、馬車も数日に一度しか来ないからね。

「馬車っていうのは、馬で箱を引っ張るやつですか？　見たことはあるけど乗るのは初めてです。楽しみですね！」

ライムが楽しそうに声を弾ませた。

それからしばらく待っていると、停留所に馬車がやってきた。

といっても馬車自体は昨日からこの町にいて、休憩のために一泊してたんだけどね。

乗客は僕たち以外にはいない。

「ケープサイドまで二名でお願いします」

御者に乗車料を払って馬車に乗り込む。

中は狭く、板で作られた座席に布を一枚張っただけの簡素なものだ。

三人掛けの席が左右両側に設置されている。

乗客は僕たちしかいないのでどの席も自由に使って良かったんだけど、ライムはまたしても僕の真横に座ってぴったり体を寄せてきた。

「これが馬車なんですね！　一緒に歩くのもいいですけど、こういうのも楽しそうです！」

「そ、そうだね」

ライムが真横で満開の笑みを咲かせる。

あまりの近さに思わず視線を逸らしてしまった。
ライムは気を悪くした様子もなくニコニコしている。
何でもこうやって素直に楽しめるのはライムのいいところだと思う。
だから見習いたいとは思うんだけど……。やっぱり恥ずかしいものは恥ずかしいよね。
やがて馬車が静かに動き出す。目的地までは半日くらいの旅だ。
いつもは長く感じる旅だけど。
「あ、カインさん、あれ見てください！　鳥がいっぱい飛んでますよ！」
ライムが僕の服を引っ張りながら、窓の外に向けて歓声を上げている。
今日はあっという間に着いちゃうだろうな。

新たなクエストの開始

「ううう～……。お尻が痛いですー……」

ふらつく足で馬車から降りたライムが、涙声を上げていた。

安物の馬車だし、ろくに整備もされてない街道だから揺れがすごいんだよね。

慣れてないとそうなっちゃうかも。

「これなら自分で走ったほうが速かったです～……」

「ライムならそうなんだろうけど、僕はそこまで速く走れないから。ごめんね」

「帰りはわたしがカインさんを抱えて走りましょうそうしましょう！」

珍しくライムが大声で主張する。

よっぽど嫌だったんだね。

でも抱えて走るのはとても目立ちそうだから、やめておいたほうがいいかなあ。

ケープサイドは僕たちの町よりも大きいけれど、基本的にはそんなに変わらない。

馬車を降りると、まずは馴染みの店に向かうことにした。

通い慣れた扉を開くと、雑多な空間が目の前に広がる。

「わあ、すごいお店ですね！」

ライムが目を奪われて店内をキョロキョロと見回しはじめた。

ここは冒険者のための様々なアイテムがたくさん集められている店なんだ。

店内の八割が商品で埋められてるくらいだからね。だいたいのものはここに来れば手に入る。だから僕もよく利用してるんだ。

ライムにとってはほとんどが初めて見るものだから、目を輝かせて見入っていた。

「ようこそいらっしゃい。カインじゃないか。また来たのか」

「うん。またお世話になりに来たよ」

店主のクラインが商品の奥から顔を見せてきた。

僕と変わらないくらいの年だけど、こうして自分の店を持ってるすごい人なんだ。

僕が手にしていた商品にもめざとく気がついた。

「もしかしてまた一角獣に挑むのか」

「実はそうなんだ。前は失敗しちゃって」

「カインが失敗なんて珍しいな。一角獣には会えたんだろ」

「薬を作るところまではできたんだけど、その帰り道に……」

「カインさん、カインさん！　これなんですか!?」

説明しているところにライムがやってきた。

僕の服を引っ張りながら、棚にぶら下がっているアイテムを指差している。

大量にあるアイテムの中からピンポイントでそれを見つけるとは、さすがライムというか。

「それはバーベキューグリルといってね……」

「おいおいおい、ちょっと待てよカイン！」

クラインが僕たちの会話に割って入ってくる。

「そのすげーかわいい子は誰だよ!?」

まあそうなるよね……。

自分のことを聞かれているのだとわかったライムが元気良く手を挙げる。

「はい！　ライムといいます！　カインさんと一緒に暮らしてるんです」

ライムもちゃんと自己紹介できるようなったんだね。

成長したなあ。

でも最後の一言を言う必要はなかったんじゃないかな？

「一緒に住んでるって、つまり付き合ってるってことか!?」

思った通りクラインが食いついてくる。

ライムは聞かれている意味がわからないようで首を傾げていた。

「つきあう……？　よくわかりませんけど、他の人間には同棲とか結婚してるのかとか言われます」

「同棲して結婚してる!?」

驚きの目が僕を見る。

あー、うん。

言ってることは間違いではないんだけど。

「えっとね、ライムは僕の親戚で、たまたまこっちに来て……」

「セーラちゃんというかわいい子がいるのに、さらにこんなかわいい子まで見つけるなんて、意外とやるじゃねえか！　どこで出会ったんだよ！」

「カインさんはわたしの命の恩人なんです」

ライムが、そのときのことを話すのがうれしくて仕方がないといった様子で話しはじめた。

「わたしが傷ついて倒れていたところに、偶然カインさんが通りかかって……。そのときに、クエストで必要だったはずの薬をわたしに使ってくれたんです」

「まさか、カインがクエストを失敗した理由って……」

「ライムに使ってあげちゃったからなんだ」

「一角獣の万能薬って結構な値がするはずだろ……」

「そうだけど、アイテムならまた手に入ればいいからね。でも命はそうはいかないでしょ」

そんなことは比べるまでもない。

クラインもはっとしたように表情を変えた。

「……そうだな、すまん。一瞬でも驚いた俺が間違ってた。万能薬はそのためにあるんだからな。カイン、おまえはやっぱり俺が見込んだだけはある男だ。ライムはそれがきっかけでカインのところに来たってわけか」

「はいそうです！　この命はカインさんに助けられたのだから、カインさんのために使わなくてはと思いまして」

「そんなこと気にしなくていいのに」

「そういうわけにはいきません！　カインさんには初めての種付けも奪われてしまいましたし」

「たね、つけ……？」

クラインが戸惑いながら聞き返す。

この話題はまずい、と思ったけどライムの口のほうが早かった。

「カインさんがわたしを助けてくれたとき、わたしの中に体液を流し込んできたんです。最初はびっくりしたんですけど、だんだんわたしの身体が熱くなってきて、それ以来カインさんのことが頭から離れなくなってしまって……。

それにカインさんは普段は優しいのに、いざというときはすっごく強引で、激しくて……。この前の夜もいっぱい気持ちよくされちゃいましたし……。今ではすっかりカインさんのことが大好きなんです！」

うっとりとしながら語るライム。

ああ、うん。何度も経験したからわかる。これはダメだ。もう無理。言い訳のしようがない。

僕があきらめていると、クラインが僕の肩を強めに叩いてウンウンとうなずいていた。

「カインはもっとヘタレだと思ってたけど、ヤるときはちゃんとヤるんじゃねえか。見直したぜ」

やっぱりとんでもない誤解を招いてるなあ……。

かといって詳しい事情を話すとライムの正体まで話さなければならなくなる。

さすがにそれはできないので、けっきょく誤解されたままにするしかないんだけど……。なんというか、泥沼にハマって身動きが取れないまま沈んでいくのってこういう感じなのかなあ……。

しかたがないのでそのままで必要なものを買おうとしたんだけど、会計のときになって所持金がわずかに足りないことがわかった。

いつも一人分しか買わないから、ライムとの二人分の予算を間違えていたんだよね。

「カインはお得意さまだから別にツケでもいいぞ」

クラインはそう言ってくれたけど、そういうわけにはやっぱりいかない。

親しき仲にも礼儀ありって言うしね。

「そういう真面目なところは相変わらずだな。そういえば町の広場で何かイベントをやるって言ってたから、行ってみれば小遣い稼ぎくらいならできるんじゃないか」

イベントかあ。

ここはアーストの町とは違って人も多いから、そういったこともたまに開催されている。

何か手伝うこともあるかもしれないし、行ってみようかな。


クラインに言われた町の広場に向かってみると、ちょっとしたお祭りのように盛り上がっていた。

その様子を見てライムが歓声を上げる。

「うわー、人間がいっぱいいますね！　これはなにをやってるんですか？」

「行商人の一団が来てるみたいだね。それで出店を開いたり、見世物をしたりしてるみたいだ」

街から街にかけて旅をする行商人たちは、各地の商品を売り歩くだけじゃなくて、こうしてイベントを開くことで路銀を稼ぐこともあるんだ。それがメインの人たちもいるくらいだ。

そのおかげで広場も活気づいているみたいで、色々な人が忙しそうに働いていた。

これなら僕にもなにか力になれることがあるかもしれない。

とりあえず辺りを回ろうとすると、ライムがふらふらとした足取りでどこかへ向かいはじめた。

「いい匂いが……とってもいい匂いがしますぅ……」

夢の中みたいな足取りで歩いていく。

やがて僕にもいい匂いがしはじめた。

甘そうな香ばしい香りが食欲を引き立てる。どうやら料理を出してる出店もあるみたいだね。

でも、この辺りじゃあまりなじみのない匂いだ。僕も料理はするほうだけど、これは初めてだな。きっと異国の料理なんだろう。

匂いがする方に近寄ってみると、やがて一軒の出店が見えてきた。

串に肉を刺して焼いたものを売っている。肉の表面にかけたタレが焦げ付いて美味しそうな匂いを発していた。

しかもそれだけじゃなくて、たっぷりとかけたタレは肉から火にしたたり落ちている。火に落ちたタレが焦げて黒い煙を立ち昇らせた。

「ああ、タレがじゅうって焦げて……。こんなのズルいです、犯罪ですぅ……」

「これは、わざとたれを焦がしてるんですか？」

そんなことするなんてもったいない。掃除も大変になるし。

でも、客寄せの効果は高そうだ。

実際にこうしてライムがまんまと引き寄せられているしね。

「おっ、兄ちゃん目ざといね。こうしたほうがお客さんを呼び込みやすいだろ。なあお嬢ちゃん」

となりのライムがはっとして口元のよだれをぬぐい、表情を引き締めた。

「い、いえっ、カインさんの料理以外に心奪われるわけには……っ」

「そんなこと気にしなくていいよ」

苦笑しながら答えた。

美味しいものは美味しいんだから。

「この串を二つください」

お金を払い、たれがたっぷりと掛かった肉串を二本受け取ると、片方をライムに渡した。

「え、これは……？」

「いらなかった？　ライムが食べたそうに見えたんだけど」

「わあ、ありがとうございます！　でも、どうして食べたいと思ってたのがわかったんですか？」

「たぶん誰でもわかるんじゃないかな」

よだれを垂らしながら食い入るように見つめてたからね。

僕はさっそく肉にかぶりつく。

噛むだけで肉汁が溢れ、タレと共に地面に落ちる。もったいないけどそういうものだからね。

急いで食べたせいもあってあっという間になくなってしまった。

少ないわけじゃないけど、一本じゃ物足りない。食べたせいで逆にお腹が空いてしまう絶妙な量だった。

ライムを見ると、口を大きく開けて、肉串を一口で食べてしまった。

「ふわあ、ふっごいあついれす」

「そんなに急いで食べるからだよ」

「れもふっごいおいひしいれすぅ」

陶酔した声をあげるライム。

大きく膨らんだ口がもごもごと動いていた。

タレを一滴もこぼさずに食べられるから、これはこれで正しい食べ方なのかもしれない。

僕にはちょっと真似できそうにないけど。

「喜んでもらえたならよかったよ」

ライムは感情がすべて顔に出る。

だから美味しい時は本当に美味しそうに食べるんだよね。

お店のおじさんもうれしそうにライムの食べっぷりを見ていた。

が、なにかに気がついたのか、急に真顔になった。

「嬢ちゃん、そういや串はどうしたんだ？」

「ふひ？」

……あっ。

肉串は食べれば串が残る。

でもライムは一口に食べてしまっていた。串ごと。

モグモグ、ボキボキ、ムシャムシャ、ゴクン。

「ふわあー、美味しかったです！　ごちそうさまでした！」

「……嬢ちゃん、もしかして串も一緒に食べちまったのか……？」

「くし？　あの木の棒ですか？　やわらかいお肉の中にボリボリした感触がとてもよかったです！」

店のおじさんがあんぐりと口を開けて固まっている。

しまった。ライムは元がスライムだから、その気になれば木でも石でも消化できてしまう。

ライムがなんでも食べるのはもう慣れてしまっていたので忘れてたけど、普通は串なんて食べないんだった。

「ええと！　ライムはその、あごと胃袋が普通の人とは違うっていうか！　けっこう何でも食べれちゃうんですよ！」

とっさに上手いフォローが浮かばなくて、そんなことしか言えなかった。

そのせいでまるでライムが変な女の子みたいな言い方になってしまった。ごめん。

でもライムは特に気にしなかったみたいだった。

「はい！　昔は石とか草とか食べてましたから！」

とんでもないことを大声で告白した。

石とか草とかを食べるなんて、いくらなんでもそんな人間いるわけない。

さすがに正体がバレたかも……なんて思ったけど、店のおじさんは急に涙をこぼしはじめた。

「そうか……。嬢ちゃんも昔は苦労してたんだなあ……」

手拭いで目頭を押さえている。

どうやら勘違いしてくれたようだ。

まあ普通に考えたら、実はゴールデンスライムが人間の姿をしてるなんて気づくわけないよね。

「俺も昔は貧乏でなあ……。泥水をすすって飢えをしのいでたこともあったもんだよ」

「そうなんですか。じゃあ仲間ですね！」

あっけらかんと答えるライム。店のおじさんはまぶしいものを見るように目を細めた。

「そんな辛いことも笑顔で話せるなんて……。それだけ今が幸せってことなんだろう。それに比べて俺はまだまだだよ。こうして人並みの生活を送れるようになったけど、それでもたまに昔を思い出しては、悪夢にうなされることがある。笑い飛ばすなんて出来ねえ。嬢ちゃん、あんたは強いんだな」

「強くなんかないです」

ライムが首を振った。

「わたしも同じです。辛いことも、痛いことも、いっぱいありましたから、昔のことは思い出したくないです。家族も離ればなれになったきりどこにいるかわからないし、わたしのせいでたくさんの命が犠牲になったのに、わたしはそれを助けるどころか逃げるしかできなくて……。こんな毎日がずっと続くのなら、いっそ死ねたほうが楽なのにって、いつも思ってました。でもできませんでした。わたしにはそんな力も、勇気もなかったんです」

淡々と告げられる壮絶な話におじさんが言葉を失う。

僕も同じだった。

ライムの過去を聞いたことはない。

ライムが話したがらなかったし、僕も無理に聞くようなことじゃないと思っていたから。

だから、死ねたほうが楽なのにと思うほど辛いものだったなんて、初めて知ったんだ。

「今は……もう平気なの?」

たずねる僕の言葉が震えてしまった。

本当に情けないと思う。

振り返ったライムが穏やかに微笑む。


「カインさんがいますから」


ライムの答えはそれだけだった。

死んだほうがいいとさえ思うほどの人生が、たったそれだけで変わってしまったという。

僕には本当にそれだけの価値があるんだろうか。

おじさんがうんうんと涙混じりにうなずいていた。

「俺も今の親父に拾われて、こうして人並みの人生を歩めるようになったんだ。感謝してもしきれねえ。俺にとっての親父が、嬢ちゃんにとっての兄ちゃんなんだな。兄ちゃん、このお嬢ちゃんをちゃんと幸せにしてやるんだぞ」

「はい」

うなずく声に力がこもる。

勘違いもあったけど、ライムを幸せにしたい、というその気持ちは嘘じゃなかったから。

大食い大会

屋台を後にしたあと、しばらく広場のイベントを見て回っていた。

本当にたくさんの出店があって、大勢の人が集まってきている。

かなり大所帯の行商人みたいだね。

串肉みたいなお店も多くて、そのたびにライムが引き寄せられていたけど、さすがに全部の店で食べるというわけにはいかなかった。

屋台の料理は美味しいけど、少し高いからね。

ライムは全然平気ですなんて言ってくれたけど、ご飯大好きなライムが無理をしてるのは表情を見れば明らかだった。

僕が貧乏なせいでかわいそうなことをしちゃったな。

ライムのためにもこれからはもっと稼ぐようにしないと。

そんなことを思いながら色々な出店を見て回っていると、やがて広場の中央がなんだか騒がしくなってきた。

「人間がいっぱい集まってます。どうしたんですか」

「何かやるみたいだね。しばらく待ってみようか」

待っているあいだに広場にステージのようなものが作られ、たくさんのテーブルやイスが並べられる。

どうも何かのイベントをはじめるみたいだ。

やがてテーブルの上に大量の料理が運ばれてきた。

ざっと見ても二、三十人分くらいはありそうだ。しかもまだまだ運ばれてくる。一体何人分用意するつもりなんだろう。

「お肉が……あんなにいっぱい……夢のようです……」

ライムが感極まった表情でつぶやいた。

それにしてもあんなにたくさんの料理をどうするんだろう。

周囲の人たちもざわめきはじめた。いったい何がはじまるのだろうと期待が膨れ上がっていくのがわかる。

やがて料理が山盛りとなったテーブルに大柄な人が着席する。

ステージの中央に司会者っぽい格好の人が現れると、大声を張り上げた。

「さあさあみなさまご注目ください！　これからはじまるのはどの街でも大好評の大食い大会！　ルールは簡単。食べて食べて食べまくって、最後の一人になるまで食べ続けるだけ！　うちの大食いチャンピオンに勝てれば参加費は無料になり、さらには賞金十万ゴールドまでもらえるぞ！　タダで料理を食べて金稼ぎまでできるチャンス！　参加料はたったの八千ゴールド！　胃袋に自信のある奴はどんどん参加してくれ！」

テーブルの真ん中には大柄な男の人が、腕を組み不敵な表情で座っている。

きっとあの人が大食いチャンピオンなんだろう。体も大きいし、確かにたくさん食べそうだ。僕なんかではあの人の十分の一も食べられないいんじゃないだろうか。

でも……。

「たべ、ほうだい……？　ほうだいって……、ぜんぶたべていいってこと……？　あれぜんぶを……？　……ぜんぶを!?　すきなだけ!?!?!?」

ライムが瞳を輝かせて山盛りの料理を見つめている。

「ライムはあれに出たいの？」

きいてみたら、ものすごい勢いで僕を振り向いた。

「食べていいんですか!?」

八千ゴールドは決して安くない。僕の十日分くらいの食費はありそうだ。

それに僕たちはアイテムを買うお金が足りないからここに来たのであって、逆にお金を使ってしまったら本末転倒だ。

でも。

期待に満ちた目が僕をまっすぐに見つめている。

口からはよだれが今もだらだらとこぼれそうになっていた。

ライムを幸せにすると誓ったばかりで、この表情は裏切れないよね。

それにライムが負けるところを想像できないのも確かだ。

「わかったよ。好きなだけ食べておいで」

「やったー！　カインさん大好きです！」

飛び跳ねるようにして抱きついてくる。

「そのかわり、ひとつだけ約束してほしい。食べ物はちゃんと口に入れて、三回かんでから飲み込むこと。食べるときは、他の人の食べ方を見てから同じように食べてね」

心配があるとすれば、無茶な食べ方をして正体がバレてしまうことだ。

またさっきみたいに串ごと食べられたら、今度こそ正体に気づかれてしまうかもしれない。

たまに手でつかんでそのまま体内に吸収しちゃうこともあるし。

でもそれさえなければ正体がバレるようなことはないはずだ。

「はい！　わかりました！」

ものすごくいい返事のライム。

八千ゴールドは確かに高い。

でも、お金なんてまた稼げばいいんだ。

重要なのはいくら持ってるかじゃない。何に使ったかだからね。

「ありがとうございますカインさん！」

笑顔を弾けさせるライム。

この笑顔のためなら、たとえ百万ゴールドだったとしても全然高くないと思うんだ。

参加手続きのためステージに向かうと、司会者がライムを見て驚いていた。

「君みたいな子が参加するなんて意外だね」

「あれ食べていいんですよね！　全部！」

勢い込んでたずねるライムに、司会者が苦笑する。

「もちろん食べられるだけ食べていい。ただ、ルールがあってね。まず一品お皿の上に置くから、それを食べると次の料理が運ばれてくることになってるんだよ」

なるほど、そうやって補充していくんだね。

続々と参加者も集まってきて、最終的に二十人ほどの参加者がテーブルに着いた。

「挑戦者たちが集まりました。さあ、ここで我らが大食いチャンピオンの登場です！」

えっ、腕を組んでたあの人がチャンピオンじゃなかったの？

司会者に紹介されて出てきたのは、さっきの大柄の人をさらに縦にも横にも倍は大きくしたような、もう巨人かトロールって言ったほうがいいんじゃないかってくらい大きな人だった。

「彼こそは大食い大会二十連勝中、全国の街を食べ荒らした巨漢のフードファイター！　『大食い』スキルのゴンザレスだー！」

真のチャンピオンの登場に観客はどよめき、参加者たちはブーイングを上げはじめる。

てっきりさっきまでいた人がチャンピオンだと思ってたからね。あの人なら勝てると思った参加者からしてみたら詐欺みたいなものだ。

でも、それも含めてイベントは早くも盛り上がっていた。

ふざけるなーとか、返り討ちにしてやれーとか、怒声なのか歓声なのかわからない声があちこちから上がっている。

その声を聞きつけてさらに人が増えてるみたいだった。

行商人たちは色んな街を渡り歩いては同じイベントを繰り返しているんだろうし、これも計算の内なんだろうなあ。

それにしても「大食い」のスキルかあ。

普通なら食費が増えるだけでなんの役にも立たないスキルのはず。一見役に立たないスキルに思えても、なにかしら使い道はあるものなんだね。

「それでは準備が整いましたので、さっそくはじめていきます。大食い大会、スタート！」

司会者のかけ声と共に参加者たちが一斉に料理を食べ始める。

最初は炒めたご飯だった。

小さくないお皿にこんもりと山を作っている。あれだけで二人前くらいありそうだ。

他の参加者たちがスプーンを持ってかきこむように食べはじめた。

ライムは皆の様子を見て食べ方を覚えてから、同じようにスプーンを使って食べはじめる。

口の中に入れると、約束した通り三回かんでから飲み込んだ。

「ん～！　美味しいです～！」

そのペースは速くない。順位でいうなら最下位だ。

だけど、本当に美味しそうに食べるライムの笑顔に観客はすっかり見とれてしまっていた。

司会者も楽しそうに声を張り上げる。

「いやー、いい笑顔ですね！　あんなに美味しそうに食べてくれれば、作った人も料理のしがいがあるというものでしょう。しかし勝負の世界は非情です。味わって食べるあいだにも他の参加者はどんどん先に行ってしまう。チャンピオン、さっそく一皿目を完食です！」

ええっ、もう!?

二人前はありそうだったご飯の山をぺろりと平らげてしまっていた。

あまりのスピードにどよめきが広がる。

ライムはまだ半分も食べていない。

開始早々からチャンピオンの独走状態だった。さすが大食いのスキル持ちだ。これはさすがにライムも分が悪いかもしれないなあ。

それからもチャンピオンの独走は変わらないまま進行していき、参加者たちも脱落しはじめた。

目の前にはもう空になったお皿が二十枚は積まれている。

そのあいだもライムはマイペースに食べ続けていた。

「うーん、これも美味しいです！　おかわりくださーい！」

ライムが空になったお皿を持って手を挙げる。

目の前にはすでに十枚のお皿が積み重ねられていた。しかもそのあいだ一切ペースを落とすことはなかった。

ついにチャンピオンですら徐々にペースを落としているにもかかわらず、だ。

ついにチャンピオンとライムの二人だけが残り、二人の食べた量もほとんど同じになっている。

ようやく観客も異常に気がつきはじめた。

チャンピオンが不敵な笑みを浮かべる。

「そんな細い体のどこにそれだけ入るのか……まさかあんたも『大食い』のスキル持ちなのか？」

「？」

ライムが首を傾げる。

まだ口の中に料理が残っていたからしゃべれないんだろう。

その仕草をどう思ったのか、チャンピオンがニヒルな笑みを浮かべる。

「ふっ。言葉は不要ということか。確かにそうだな。ならこれで勝負を決めよう」

チャンピオンが手を挙げる。

すると、皿の上に載せられた巨大な子豚の丸焼きが運ばれてきた。

その大きさに周囲から悲鳴のようなどよめきが広がる。

「こいつひとつで五人前はある巨大肉だ。この終盤でこれだけの量は俺でもキツい。だが……！」

チャンピオンは肉を素手でつかむと、大口を開けてかぶりついた。

「チャンピオンが行ったー！　見るだけで胸焼けしそうな量を前にしてもまったく怯まない!!」

司会者もヒートアップする。

チャンピオンは普通の人の倍くらい大きく口を開けて、巨大な肉の塊の半分を飲み込んだ。

あれもスキルの力なのかな？

もぐもぐと口を動かし、やがて骨だけを皿の上に吐き出した。

さすがチャンピオンらしい豪快な食べ方だ。

一口で半分を食べ終えたチャンピオンがニヤリと笑う。

「悪いが俺の胃袋は底なしでな、どれだけ食べても腹がいっぱいになることはない。つまり俺の負けはないってことだ。苦しくなる前にリタイアしたほうが身のためだぞ」

そういえば、どれだけ食べても決して満腹になることのない人がいるって聞いたことがある。

もしそうなら、いくらライムでも勝ち目はない。ライムもたくさん食べるけど、さすがに無限ってわけじゃないからね。食べ続ければいつかはお腹いっぱいになってしまう。

どうやら賞金を得るどころか、逆に参加費を払うだけで終わりそうだ。

まあご飯をいっぱい食べられてライムも満足してるみたいだからそれはいいんだけど。

他にお金を稼ぐ方法を見つける必要がありそうだなあ。

やがてライムの前にも子豚の丸焼きが運ばれてきた。

熱い肉汁が湯気と共に溢れ出すそれを輝く瞳で見つめていたけど、いきなり食べたりはせずに、チャンピオンのほうに目を向けた。

そっちでは、ちょうどチャンピオンが残りの半分に手を伸ばしたところだった。

「チャンピオンが早くも残り半分に手をかける！　この量を前にしてもまったくひるむことがない！　奴の胃袋は本当に底なしなのか!?」

ヒートアップする司会者の声とともに、周囲からも歓声のような声が聞こえはじめる。

なにしろ五人前はありそうな丸焼きなんだ。

それをぺろりと食べてしまうなんて、チャンピオンの脅威の食べっぷりには感動さえ覚えるほどだった。

最初のブーイングはもう聞こえない。それだけ本当にすごいってことなんだ。

さすがにこれは勝ち目がない。

ライムはいったいどうするんだろうと思って目を向けてみたら、未だにチャンピオンが豚の丸焼きを骨ごと丸飲みにする様子をじっと見つめていた。

他の参加者の食べ方を見て真似するように、と言った僕との約束をちゃんと守っているみたいだ。

チャンピオンが食べるのを見終えると、うんと元気よくうなずき、肉を丸ごと素手でつかんだ。

あっマズイ、と思った時にはもう遅かった。

豚の丸焼きを持ち上げると、口をめいっぱいに開き、そのまま一頭丸ごと口の中に放り込んだ。

バリバリ、ムシャムシャ、バキバキ、ゴクン！

ちゃんと僕との約束通りチャンピオンの真似をして飲み込んだ。

巨大な丸焼きを、骨ごと、一口で。

ライムが至福の笑みを浮かべる。

「ふわぁ〜、ジューシーな肉汁と硬い骨の感触がとっても美味しいですー！　おかわり！」

チャンピオンの口から食べ終えた骨がポロリとこぼれ落ちる。

「な、な、なんとーっ！　ライム選手、豚の丸焼きを骨ごと嚙み砕いたーっ！　しかもそのうえでおかわりまで要求！　ここにきて初めてチャンピオンが煽られる展開に！」

司会者が大興奮して叫ぶ。

チャンピオンも不敵な笑みを浮かべた。

「ははははっ！　確かに『皿の上にあるものを完食すること』がルールだったな！　だったら骨も残しちゃいけねえってわけだ。俺も負けてられねえな！」

チャンピオンが落ちた骨を拾い上げると、口に放り込む。

「まさか、食べる気なの!?」

観衆が見守る中で、チャンピオンが決死の形相で目を見開くと、力強く嚙み締めた。

ガッ……ガリガリ……ガキンッ！

「……くっ！」

口から骨がこぼれ落ちる。

かろうじて歯形がついていたけど、さすがに食べることはできなかったみたいだ。

それだけでも十分すごいけど。

その後もしばらくは骨を食べようと挑戦していたけど、やがてチャンピオンはがっくりとうなだれた。

「……俺の、負けだ」

「チャンピオンの敗北宣言！　三十戦無敗の帝王がついに陥落！　新チャンピオンは細身の美少女、ライムだーっ!!」

大歓声が沸き起こる。

新チャンピオンの誕生に広場はすっかり沸き返っていた。

突然の大声にびっくりしたライムがきょろきょろと周囲を見回してから、キョトンとした様子でたずねた。

「えっと、おかわりまだですか？」

はじめてのやどや

その後さらに二十皿食べてようやくライムは満足した。

イベント側は大赤字じゃないかと心配になったけど、ライムのおかげでイベントは盛り上がり、しかも美味しそうに食べた料理は次々と飛ぶように売れていったため、逆に感謝されてしまった。

行商人たちにスカウトもされていたけど、それは笑顔で断ったみたいだ。

「カインさんはいきますか？　え、いかない？　じゃあわたしもいかないです」

満面の笑みでそう言うものだから、周りの人たちから、うらやむような嫉妬するように視線を向けられてしまった。

素直なのはライムのいいところだけど、こうストレート過ぎるのはたまに困っちゃうよね。

イベントが終わるころにはちょうど日も傾いてきた時間になっていた。

ライムの優勝で賞金も手に入ったし、今日の目的もこれで達成したことになる。

「ちょうどいい時間だし、そろそろ宿に行こうか」

「ここにもカインさんの巣があるんですか？」

「人間は巣じゃなくて家って言うんだけどね。これから行くところは宿って言って、部屋を借りられるお店なんだ」

「捨てられた巣を再利用する感じですか？」

「うーん……。そういう感じじゃなくて……」

ずっと自然の中で育ってきたライムに宿というのを教えるのはなかなか難しい。

行ってみるのが一番早いかな。


行きつけの宿にやってくると、僕に気づいた女将《おかみ》さんが声をかけてきた。

「いらっしゃいカイン。もう戻ってきたのかい」

つい最近にもこの宿屋を利用したから、また来たことを不思議がられているみたいだ。

「前回のクエストは失敗しちゃったので」

「あらまあ。だから一角獣は難しすぎると言ったのに」

「セーラにも同じこと言われました。でも次は大丈夫だと思うので」

「まあ若いうちはそうやって色々挑戦するのがいいさ。でもケガだけはしないようにね」

「はい、ありがとうございます」

「それじゃあ部屋はいつもの……おや？」

女将さんの目が僕のとなりに移る。

ちょうど僕の後ろからライムが入ってきたところだった。

「ここが宿？　ですか？」

キョロキョロと宿屋の中を見回している。

ライムの姿を見て、女将さんの目の色が急に変わった。

「おやおやおや、えらいキレイな子がいるじゃないか。その子は誰だい？」

興味津々の様子で尋ねてくる。

ライムが元気よく手を挙げた。

「はい！　ライムといいます！　カインさんの夫婦……じゃなかった、えっと……」

夫婦と言おうとしたけど、僕が夫婦じゃないよと言ったのを思い出したみたいで、別の言葉を探そうと言葉をさまよわせる。

しばらく考えていたけど、どうやら見つかったみたいで、声高に宣言した。

「カインさんの妻です！」

「ちがうよ!?」

慌てて否定する。

そもそも妻と夫婦は意味同じだしね。

「あらあらあら、まあままあ、そうなの〜」

女将さんがなぜだか上機嫌になっていた。

「てっきりカインのお嫁さんはセーラちゃんになると思ってたけど、こんなキレイな子を見つけてくるなんて、なかなかやるじゃないの」

「いえ、ライムはそういうんじゃなくて、親戚の子を預かってるんですよ」

「あらそうなのかい？　ふうん……」

親戚の子を預かったなんて完璧なごまかし方だと思うんだけど、なぜかあんまり信じてもらえてないみたいだ。

まあライムと僕は全然似てないし、親戚の子なんて言っても信じられないのは無理もないけど。

「ライムちゃんだっけ、カインの親戚って言ってたけど、どこから来たんだい？」

「ええっと、その……。どこかはわからないんですけど、すっごく遠くです」

「あらまあ。住んでた街の名前もわからないのかい」

「人間の近くは危険なので、森にいました」

「森……？」

女将さんが困惑していた。

森に住んでたなんて言われたらそうなるよね。

「森の中にある街ってことかね……？　遠い国じゃそういうところもあるって聞いたけど……。とにかく、ライムちゃんはカインのことをどう思ってるんだい？」

ライムが首を傾げる。

「どう、ですか……？」

「好きなんじゃないのかい？」

「はい！　大好きです！」

力いっぱいうなずいた。

女将さんがニヤニヤした笑みで僕を見る。

「親戚の子にずいぶん好かれてるみたいだねえ？」

「いやあ、ははは……」

うーん、これはごまかしきれないな。

さっさと逃げよう。

「と、とにかく、今日の宿をお願いしますっ」

「おや、逃げるのかい。まあそれもいいさね。それで、今日は部屋はどうするんだい？」

「いつものでお願いします」

僕がこの宿屋で部屋を取るときは、いつも同じタイプの部屋を頼んでいる。

部屋の広さや料理の有無などで値段は変わるけど、僕はいつも一番安い一人部屋を頼んでるんだ。

ご飯は外で食べてくるし、場合によっては自分で作ることもある。部屋も寝るために使うだけだから、それで十分なんだよね。

お店としてはもっと高い部屋を取ってほしいのかもしれないけど、僕も貧乏だから……。

僕が頼むと女将さんがちょっとだけ驚き、それからすぐに笑みに変わった。

「なあんだ、やっぱりそうなんじゃないか」

「……そうって、なにがですか？」

「またまたとぼけちゃって。いつもと同じなんだろう。それなら二階に上がって突き当たりにある部屋を使うといいよ」

なにやら含みのある言い方だったけど、どういう意味なんだろう。

それにいつもの部屋と言っていたけど、廊下の突き当たりにある部屋に案内されたのは初めてだ。

そこはいつも男女の旅行客などが使ってたと思うんだけど……。

よくわからないけど、とにかくまずは部屋に移動しよう。

言われた扉の前に行き、受け取った鍵で中に入る。

女将さんの意味ありげな笑みの理由は、部屋に入った瞬間に理解した。

僕はいつもと同じ一人部屋を頼んだ。ベッドがひとつしかない狭い部屋だ。それをライムと二人で使うということは……。

思わず入り口で立ち尽くしている僕の脇をすり抜けてライムが室内に入った。

「あれ、ここ寝床ひとつなのに、枕は二つですね。……ということは、カインさんと一緒に寝られるということですね！」

そう。つまりそういう部屋だったんだ。

さっそくライムがベッドの上に飛び乗って満面の笑みを浮かべる。

「いつもは別々に寝るので寂しかったんです。さあ早く一緒に寝ましょう！」

無邪気な笑みで両手を差し出してくる。

一緒に寝ようというのは言葉そのままの意味で、ライムにはそれ以外のつもりなんてないだろう。

それはわかってる。わかってるけど……。

「ええと……」

わかっていても恥ずかしいものは恥ずかしい。

それに、そういうわけにはさすがにいかないというか……。

だけどこの部屋は泊まるためだけに利用されるものなので、ベッドの他には簡単なテーブルとイスしかない。

かわりに寝られそうなソファもなかった。

「しかたないから、僕は床で寝るよ」

野宿には慣れているから、地面で寝ることも多い。

宿屋の床なんてむしろ快適なくらいだ。

だけどライムはぷくーっと頬を膨らませた。

「どうしてですか。たまにはカインさんと一緒がいいです」

「たまにはって……いつも僕のところに潜り込んでくるじゃないか……」

思い出して顔が熱くなってしまう。

でもライムは納得してくれなかった。

「それはそれ、これはこれです！」

ボンボンとベッドを叩いて僕も来るように促してくる。

そういう言葉はどこで覚えてくるんだろう……。僕が使ったことはないと思うんだけど……。

そのあいだにも、まっすぐな瞳を逸らすことなくまっすぐに見つめてくる。

いつもは笑顔なライムがこんなに強い意志を示すなんて珍しい。

なんでそんなに頑固になってるかわからないけど……。

瞳を釣り上げてじいっと見つめられると、僕のほうが根負けして視線を逸らしてしまった。

「うん、わかったよ。今日は一緒に寝よう」

「……！」

ぱあっとライムの顔が輝く。

そんな表情を見せられたらダメだなんて言えるわけないよね。

当たり前だけど一人用のベッドは二人が眠るには狭い。

なるべく端っこのほうで横になったつもりなんだけど、結局ライムとぴったり密着する形になってしまった。

しかもライムのほうから僕にギュッとしがみついてくる。

「あの、ライム、ちょっとくっつき過ぎじゃないかな……」

「こうしないと落ちちゃうからしかたないです♪」

全然仕方なくなさそうな弾んだ声で答え、ますますしがみつく力が強くなる。

実際に落ちてしまいそうなのは事実なので僕としても強く言えない。

がっしりと僕の体にしがみついているので、ライムの体温が直に伝わってきた。

それだけじゃなくて、腕も、お腹も、ライムの体全部が柔らかくてあたたかい。

それがライムだからなのか、それとも女の子の体はみんな同じようにあたたかいのか、僕にはわからないけど……。

「えへへ……カインさんと一緒、うれしいです」

すぐとなりで浮かべられる無邪気な笑顔を見ていると、離れてなんて言えなくなってしまう。

仕方なく僕は天井を見つめて静かに息を吐きだした。

今日は眠れないだろうなあ……。

◇

気がつくと僕はふわふわとした世界の中にいた。

全然知らない場所だったけど恐怖感はない。

むしろ優しくてあたたかな感触が全身を包んでいて心地いいくらいだった。

この感じは、きっと夢の中だよね。

眠れないと思っていたけど、いつのまにか寝ちゃっていたみたいだ。

夢の中だと気がつくと、ふわふわした世界が少しだけはっきりと感じられてくる。そして、どうやら僕はなにかを抱きながら寝ているみたいだということもわかってきた。

腕に力をこめると、とても柔らかくて心地いい弾力が返ってくる。触ってみるとふにょんとした弾力が手のひらを押し返してきた。

これは、なんだろう……。まるくて、温かくて、とても柔らかい……。

うーん……。こんなすばらしいものが家にあったかなあ……。

でもさわると、とても気持ちいいんだ。

これがなんなのかは全然まったくわからないけど、どうせ夢なんだからもっと味わっていいよね。

えいっ。

「……ひあっ!?」

とてもかわいい声が聞こえた気がした。

同時になにかが僕の腕の中で身動きする。

「ふあっ？　か、カインさん……？　もう朝ですか……？」

声が聞こえた気がしたけど、ぼんやりとした頭ではうまく聞き取れなかった。

きっと気のせいだよね。

手のひらに力を入れると、何かの中に包まれるようにして沈み込んでいく。

それがとても心地よくて安心する。

なんていうか、これこそが人類の帰るべき場所って感じだ。

もっと触りたいという思いがむくむくと膨れ上がっていった。

そう思ってしまうのは仕方ない。僕の意思とは別の、なんていうか、本能だ。

僕の本能がこれを力強く揉みたいと叫んでいるんだ。

だからその欲求に従って両方の手のひらで力いっぱいに揉みほぐした。

えい、えいえいっ。

「ふあっ!?　ふぁあぁぁっ!!　そ、そんないきなり激しいですよぅ……。どうしたんですかカインさん……」

うめき声のようなものも聞こえる気がする。

なんだろう。でもまあいいか。どうせ夢だし。

それよりも、この気持ちいいものをもっといっぱい楽しもう。

時に強く、特に優しく、緩急をつけて弄《もてあそ》ぶ。

その感触を楽しんでいた僕は、突然に神の天啓を得た。

さわるだけでもこんなに気持ちいいんだ。

だったら。

もしも食べたら、とっても美味しいんじゃないだろうか？


……ぱくっ。

「ひゃあぁん!?!?」

うーん、これはなかなか……。

もぐもぐ、ぺろぺろ、ちゅうちゅう。

「な、なんれすかそれ!?　そんなのっ、あっ、知らないですぅ……。はぁ……んっ……それ以上は……きちゃう、きちゃいます……排卵しちゃいますぅ……！」

なにやら甘い声が耳に聞こえてくる。

……ん？　排卵？

聞き慣れない単語のおかげで目が覚めてきた。

うっすらと目を開く。

ベッドで眠る僕の腕の中にいたのは、ぐったりとしたライムだった。

全身ドロドロに溶けて、表面の服装はほとんど形を失い、素肌が丸見えになっていた。

そういえばライムは身体から服装まで全身をスライムの変身能力で作ってるんだっけ。

だから気が緩んだり、気持ちよすぎて全身の力が抜けちゃったりすると、変身が溶けて元の姿になっちゃったりするんだよね。

だから目の前のライムも、とても気持ちいいことがあったから服が溶けてしまったんだろう。

なんて冷静に分析してる場合じゃない。

目が覚めてくるにつれて、だんだんと今の状況がわかってきた。

僕が柔らかくてすばらしいと思っていっぱい揉んだり食べたりしていたものは、どうやらライムの、その……胸だったみたいだ。

冷汗が頬を滑り落ちる。

ライムがうっとりとした笑みを浮かべた。

「もう、カインさんったら……、繁殖期になったら教えてくださいって言ったのに……いつも強引なんですから……」

「うわわわっ！　ご、ごめんライム！　寝てたから気づかなくて……！」

僕はあわてて飛び起きた。

ライムがとろけた表情で僕を見上げる。

「人間の交尾って、こんなに激しくて、気持ちいいんですね……」

ライムは見た目だけはものすごくかわいい美少女だから、そんな表情をされるだけで脳髄が痺《しび》れそうになる。

うっかりするとそれだけで理性を失ってしまいそうだ。

ダメだダメだ。なにを考えてるんだ僕は。

ライムはまだなんていうか、人間社会のことをよくわかっていない子供みたいなものなんだ。

だからそんなことが言えるだけ。

それにつけ込むことは、無知を利用して騙《だま》すようなものだ。

なにも知らない子供を騙すなんて最低最悪の行為じゃないか。

だからすぐに離れようとしたんだけど、僕の右手はライムの胸をつかんだ形のまま、柔らかな肉体の中に沈み込んでいた。

ライムの体はすっかりトロトロに溶けていたから、ちょっと押し込んだだけで中に入っちゃったみたいだ。

そんな僕の手を、ライムが自分の体の上から優しく包む。

「カインさんが私の中に入ってるのが感じられて……とってもうれしいです……」

「ご、ごめんね、すぐに出すから……！」

沈み込んだ手を引き抜こうとする。

けど、ライムの中がキュッと締め付けてきて僕を離さなかった。

「あっ……。中で暴れないでくださいぃ……！」

「ご、ごめん。でも、このままってわけにはいかないし……」

でも引っ張っても抜けそうにない。

力はライムの方が上だから、このままじゃあどんなに頑張っても難しそうだ。

だから発想を変えることにした。

引いてもダメなら押してみろ。

一度奥深くまで挿入して、それから勢いをつけて引っ張れば抜けるんじゃないかな。

よし、善は急げだ。さっそくやってみよう。

僕は僕のモノをライムの奥深くに挿入した。

「ひゃあん!?」

ライムの体がのけぞるように反応する。

「ご、ごめん！　痛かった？」

「ううん、大丈夫です。ちょっと驚いただけなので……」

「それじゃあ動かすよ」

「……はい」

奥深くまで挿入した僕のモノを、今度は外に引き抜こうとする。

それは途中で止まっちゃったけど、さっきよりは外に出た気がする。もう何回か繰り返せばうまくいきそうだ。

ライムの中へと奥深くに挿入し、外へ引き出す。

リズミカルに動かす度に粘液のこすれあう音が響く。

「……んっ、あっ、ふぁっ……」

はじめはかみ殺していたライムの声が、次第に甘いものへと変わっていった。

「カインさんのモノが、わたしの奥をコツンコツンってノックして……とっても気持ちいいですぅ……」

「もう少しだけガマンして……。もうすぐ出るから、もうちょっとだけだから……！」

「……ッ！　だ、ダメですっ！　出しちゃダメです！」

急にそんなことを言い出したけど、今更止められるわけがなかった。

「よし、出そうッ……出すよライム……ッ！」

「らめっ、出しちゃらめれすっ……あっあっ、ふああああああああああんっっっっ!!!!」

僕のモノが勢いよく出ると同時に、ライムの声が部屋いっぱいに響きわたった。

そのまま僕たちは荒い息を吐きながらベッドの上に倒れる。

はあ……。ちゃんと外に出せてよかった。

もちろん僕の腕が抜けてよかったって意味だよ？　他の意味なんてあるわけないじゃないか。

一方のライムは、まだ力なくシーツの上に横たわったままだった。

トロンとした目が僕を見つめる。

「らめって、いったのに……カインさんの交尾はいつも強引です……」

「いや、えっと、ごめん……。交尾をしたいとかそういうつもりじゃないんだけど……」

ライムがゆっくりと首を振る。

「ワガママ言ってごめんなさい。本当はもっとカインさんを体内で感じたかっただけなんです。雌の喜びは雄を受け入れることですから。でも……」

僕を見つめる表情が少しだけ拗ねたものに変わった。

「今日も受精させてくれなかったですね。とっても気持ちよかったのはうれしいですけど……早くカインさんの遺伝子が欲しいです」

相変わらずすごいことを平気で言ってくる。

僕のほうが恥ずかしくなって目を逸らしてしまった。

「えっとだから、それはその……、そういうことは、人間はもっと準備というか、段階を経てするものなんだよ。だからその、まだできないんだ……」

まだというか、本当にそんな日が来るのかわからないんだけど……。

ライムが微笑みを浮かべる。

「そうなんですね。急がせてしまってごめんなさい。まだ人間のことをよく知らないので……。人間のこと、カインさんのこと、もっとたくさん教えてください」

「う、うん。もちろんだよ」

そこだけは力強くうなずいた。
ちゃんと正しい知識を教えないと、後々大変なことになりそうだからね。

一角獣クエストの開始

「おややおや、ずいぶん遅くまで寝てたんだねえ」

女将さんにそんなことを言われながら僕たちは宿を出た。またなにか妙な勘違いをされてるんだろうなあ。

ライムはライムで、

「はい！　カインさんと一緒にいっぱい寝ました！」

と、元気いっぱいに答えていたし。

そのこと自体は間違ってないから僕としても訂正できない。

誤解がどんどん広がっていくなあ……。

クラインの店で必要なアイテムを買いそろえると、さっそく街の外へとやってきた。

荷物の増えたバッグをライムが不思議そうに見つめる。

「それはなんですか」

「クエストに必要なアイテムだよ」

今回の目的は一角獣の万能薬を手に入れることだ。

一角獣の住処は山を三つくらい越えた先にあるため、往復で十日くらいの旅になる。

一角獣が出現する地域は非常に限られていて、しかも人間嫌いだから、遠く離れた位置からでも人間の気配を感じると近づくだけで逃げてしまうんだ。

処女の乙女にだけ心を開くなんて伝説もあるけど、全然そんなことはなくて、相手が誰であっても人間であれば総じて逃げ出してしまう。

だから出会うだけでもとても難しいんだ。人によっては一ヶ月会えないなんてことも普通にある。

そのためにも準備はしっかりと行う必要があるんだ。

まあ、長期間のクエストになるから、主に食料関係の準備が大半なんだけどね。

「つまりご飯がいっぱい食べられるってことですね」

ライムがニッコリする。

むしろ少しずつ食べて節約しないといけないんだけど……。

言ったらガッカリするだろうから黙っていよう。

「ところで一角獣って、頭に角がある馬のことですか？」

「そうだよ。よく知ってるね」

体は真っ白で、頭に優美な角を生やしている。

人によってはユニコーンと呼ぶこともある幻獣の一種だ。

「それなら何度か会ったことがあります。同じ人間から逃げる仲間として、人間の出現地域などの情報を交換していました」

「モンスターのあいだでもそういうコミュニティみたいなのがあるんだね」

同じ仲間同士で情報を共有することはありそうだけど、多種族間でもできるのは知らなかったな。

「話ができる種族相手だけですけど」

「ということは、一角獣は話ができるの？」

前に会ったときはそういう感じはなかったけど。

「人間のように口で言葉を出すわけではないです。スライムの時のわたしも一角獣も声は出せないので、ええと、人間の言葉だと確かてればしー？　でしたっけ？　そんな感じです」

「ライムもテレパシーができるの？」

「んー、ちょっと違うんですけど……。どちらにしても人間同士ではできないですね」

「そっか。それは少し残念だね」

「元の姿に戻って試しますか？」

「いや、無理にすることはないよ。まずは先に進もう」

街の外とはいえここはまだ人目が多い。試すにしても違う場所の方がいいよね。

目的の場所は山を越えた先にある。まずは最初の山に向かって歩くことにした。

半日ほど歩いて最初の山の頂上にやってきた。

今は倒れた木をベンチ代わりにして、ライムと並んでお昼ご飯を食べている。

「ん〜、やっぱりカインさんのご飯はおいしいです〜」

ご飯を口いっぱいに頬張りながら、満面の笑みで足をバタつかせている。

「喜んでもらえるのはうれしいけど、それは言い過ぎだよ」

だって今食べているのは普通のおにぎりだからね。

中の具は焼いた魚とか、昨日もらったお肉の残りとか、色々とバリエーションだけはあるけれど。

でも特別美味しいものじゃないと思う。

おにぎりなんて誰が作っても味はほとんど一緒だからね。

それでも。

「でもでも、美味しいんだからしょうがないです。きっとカインさんが作ってくれたからですね！」

ライムはそう言ってくれる。

そう言われたら誰だって悪い気はしないよね。

さっそく次のおにぎりを取り出した。

「これの中身は……」

「言わないでください！　わたしが当ててみせます！」

ライムが手を伸ばして僕の言葉をさえぎる。

おにぎりを受け取ると、自分の顔に近づけてすんすんと鼻を鳴らした。

「このコクのある香りは……わかりました！　昆布です！」

「それじゃあ答え合わせだね。食べてみて」

「いただきまーす！　……もぐもぐ。あっ、やっぱり昆布でした！」

「正解！　すごいな。よくわかったね」

「えへへ……。美味しそうな匂いがするからすぐにわかっちゃいました」

そんな感じで食べていたら、昼食用に持ってきた分はあっという間になくなってしまった。ライムの食べる量にあわせて多めに作ったつもりだったんだけどな。

生ものであるおにぎりは保存が利かないため、長いクエストに持っていくのには向かないんだけど、まあ最初くらいはね。

ライムも喜んでくれてるし、ちょっと無理したかいはあったと思う。

「はあ～、もう全部食べちゃいました。ごちそうさまでした！」

「はいごちそうさま。食べたばかりで移動するとお腹が痛くなるから、少し休憩していこうか」

「はーい！」

ライムが元気よく手を挙げた。

木に腰掛けながら、二人並んで山の景色を眺める。

後ろにはケープサイドの街並みがかろうじて見えるけど、前に目を戻せば森と山がどこまでも続いていた。

「目的の場所はあそこですか？」

ライムが目の前にある山を指差す。

僕は苦笑して首を振った。

「いや、その二つ奥にある山だよ。ここから歩いて三日くらいかな」

「けっこう歩くんですね」

「見た目以上に危ない場所だからね。どうしても時間がかかっちゃうんだ」

「カインさんといっぱいお散歩できるのはうれしいですけど……。でも、あそこなんですよね？」

ライムが少し奥の山に指を向けながら不思議そうにたずねる。

ここからでも見えるのにどうしてそんなに時間がかかるのか、と聞きたいんだろう。

頂上から見ると遠くないように感じるんだけど、遠近感がわかりにくくなってるだけで、実際に歩けばかなりの距離がある。

夜になると道が見えなくなるから、もちろん歩くわけにはいかない。人を襲う獰猛な動物やモンスターだってたくさん住んでいるしね。

それに、このあたりの木々は密集しているから歩きにくい上に、山の主による魔法が一帯にかかっているため、来る度に道が変わるんだ。

この広大な山の道をすべて変えてしまうなんて、とんでもない量の魔力が必要なはずなんだけど、山の主はそれができてしまう。

それぐらいすごい存在なんだ。

もし運悪く出会ってしまったら、まず無事には帰れないだろう。だからこそ一角獣は安心して住んでいるんだろうけど。

とにかくそういう理由だから地図は役に立たないし、とても迷いやすい場所なんだ。

「だから、やっぱりそれくらいはかかるんだよ」

「うーん」

ライムが腕を組んでうなりながら山の先を見つめる。

「もしあそこまですぐに行けるとしたら、カインさんはうれしいですか？」

「そりゃ早く着いて困ることはないけど……。そんなことできるの？」

「はい！　それじゃあ見ててください！」

立ち上がったライムが、背中に力を込めるように前屈みになる。

「ん～……てぃっ！」

かけ声と共に肩の後ろが盛り上がったかと思ったら、そこから大きな翼が現れた。

「うわっ！　それはもしかして、ドラゴンの翼？」

「はい！　このあいだ竜の鱗を取り込みましたので、ある程度は姿を真似ることができるようになったんです！」

そういえばライムたちゴールデンスライムは、体内に取り込んだ物の情報を元に擬態ができると言ってたっけ。

てっきりドラゴンが食べたいだけと思ってたんだけど、ちゃんとそういう理由があったんだね。

「ドラゴンの味を確かめられて、空も飛べるようになれて、とってもお得ですよね！」

「あ、やっぱり食べたかったんだね」

ライムはやっぱりライムだったね。

「それじゃあいきますね！」

ドラゴンの翼を生やしたライムが浮き上がる。

僕を正面から抱きしめると、翼を大きくはためかせた。

風が渦を巻き、足が浮き上がる。

一瞬のうちに僕たちは空高くに舞い上がっていた。

「うわっ、これはすごいね」

山を空から見下ろす経験なんて初めてだ。

見慣れたと思っていた景色でも、空から見るとまた違った雄大さを感じられる。

ライムが空中で翼を動かすと、目的の山へと向かいはじめた。

歩くよりはちょっと速いくらいのスピードだ。だから落ちそうになる心配とかはない。

だけどライムは心配みたいだった。

「落ちないようにしっかりと掴まっててくださいね！」

「それは大丈夫だけど……。ちょっと抱きつきすぎじゃないかな？」

僕たちは正面から抱き合っていた。

普通こういうのって後ろから抱えてくれるものじゃないのかな……。

おかげで色々なんていうか、とても恥ずかしい。

しかも全身で抱きついてくるだけじゃなくて、なぜだか頬までくっつけてくる。

そこまでは密着しなくて大丈夫だと思うんだけど。

「落ちたら大変だからしかたないんです♪」

頬をくっつけたままニッコニコの笑みを浮かべる。

ここまで上機嫌なライムを見るのも久しぶりだ。

落ちたら大変なのは確かだから、それを言われたら反論はできないんだけど……。

「前にドラゴンが飛んでいたときは、もっと速くなかったっけ」

「落ちたら大変だからしかたないんです♪」

本当かなあ……。

僕には疑問だったけど、ライムはまったく気にしていなかった。

「空のお散歩楽しいですね！」

「……うん。そうだね」

この体勢は確かにちょっと恥ずかしいけれど。

でも、空から眺める雄大な景色は、恥ずかしさも忘れてしまうくらいに感動的だ。

僕たちは落ちないようにしっかりと抱き合ったまま、ゆっくりと空の散歩を楽しんだ。


ライムに抱えられたまま空を飛んで、一時間ほどで目的の場所が見えてきた。

山の中腹に開けた場所があり、そこに山小屋が一軒建っている。

僕たちみたいにクエストなどでやってきた人が利用するための、誰でも使える小屋だ。

本来は三日もかかる距離だったんだから、ずいぶん早く着いたことになる。

「ありがとうライム」

「いいえ！　わたしこそありがとうございました！」

「……？　僕はお礼を言われるようなことは何もしてないけど……」

ライムにここまで運んでもらっただけだ。本当に何もしていない。

だけどライムはニコニコ笑顔のままだった。

「カインさんの顔を目の前で見られましたし、体温も全身でいっぱいに感じられてとても幸せな時間でした！」

満面の笑みで堂々と恥ずかしいことを言ってくる。

一時間ずっと抱き合ったまま飛んでいたから、確かにそうなのかもしれない。

いつだって素直なライムにはきっと恥ずかしいことじゃないんだろうけど。

「と、とにかく中に入ろうか」

「はい！　こんなところにも人間が住んでるんですね」

「ここは誰かが住んでるんじゃなくて、共用の休憩小屋だよ」

「きょーよーのきゅーけいごや？」

ライムが首を傾げる。

確かにちょっと難しい言葉が多かったかもしれない。

「山の中でずっと野宿だと疲れちゃうからね。こうやって誰でも使える休むための場所を作ってあるんだよ」

「なるほど。あの宿屋っていうのと同じですね！」

「そうだね。無料の宿屋みたいなものだ」

こういう休憩場所は世界中にいくつもある。

ここもそのひとつで、僕たちみたいな冒険者が誰でも利用できるようになってるんだ。

「こんな場所まで知ってるなんてさすがカインさんです」

「同業者なら誰だって知ってるんだけどね」

さっそく扉を開けて中に入る。

見た目のわりに中は意外と広い。

一階が共用スペースのリビングになっていて、二階に上がると個室が並ぶように配置されている。
三、四グループくらいが同時に泊まることもできる作りになっているんだ。
滅多に人が来るところじゃないけど、それでもなぜかタイミングが重なることは意外によくあるからね。

「いつもはそんなに混まないんだけど、今日はたくさん来てるみたいだね」

「そうなんですか？　ほかに人間の気配は感じないですけど」

「扉の前に札がかかってるでしょ？　あれはすでに利用してますよっていうサインなんだ」

部屋はちょうど最後の一部屋が残っていた。

よかった。ここまで使われてたら、せっかく来たのに野宿しないといけないところだったよ。

一番奥の部屋をさっそく使わせてもらうことにする。

扉を開けて中に入ると、そこは女将さんの宿屋よりもさらに狭い部屋だった。

室内にあるのは簡単なベッドだけ。といってもシーツはないから、ベッドの形をした木製の置物といった方が近いかもね。

とりあえず背負っていたバッグを床に置く。

「ライムのおかげで早く着いたから、荷物が余っちゃったな」

荷物のほとんどは食料関係だったから、ほとんど手つかずで残ってる。

帰りも同じように戻ると考えたら、ほとんど必要なくなっちゃうな。食料が余って困ることは何もないから別にいいんだけど。

ちなみにそのあいだ、ライムは僕の荷物整理を黙って眺めていた。

なにをするわけでもなく、僕の正面にしゃがんでニコニコしている。

「……。えっと、そんなに見られるとちょっと恥ずかしいんだけど……」

「……お邪魔でしたか？」

「邪魔ってことはないけど……」

「じゃあずっとこうしていたいです」

そうしてまたニコニコと僕を見つめる作業に戻る。

うう……。いったいなにがそんなに面白いんだろう。

邪魔ってわけじゃないけど、なんだかやりにくい……。

そうやって荷物の整理をしていたら、急にライムが顔を上げた。

真面目な顔つきで壁の一点を見つめている。

「どうしたの？」

「……イヤな気配が近づいてきます」

ライムは警戒してるみたいだったけど、モンスターの気配は感じない。なんだろう。

……いや、確かに複数の足音が近づいてくる。どうやら僕よりもライムの方が先に気がついたみたいだ。

以前に騎士団と会ったときは僕の方が先に気がついたんだけど、今ではライムの方がはるかに早く察知できるようになっていた。

まあ元々は最強の逃走スキルを持つといわれるゴールデンスライムだからね。ようやく人間の姿に馴染んできたということなのかもしれない。

それから少しして一階が騒がしくなりはじめた。

どうやら先に山小屋に来ていたグループが戻ってきたみたいだ。

同業者なら挨拶をしておかないと。

荷物整理を中断して、ライムと一緒に階下へ降りる。

開けた場所に集まる男たちの姿を見たとき、ライムが後ろからぎゅっと僕の服をつかんだ。

僕も思わず立ち止まってしまう。

粗野な言葉が飛び交い、金属のこすれ合う音が小屋の中にいくつも響いている。

そこにいたのは六人組の完全武装したハンターたちだった。

物々しい姿に僕とライムは一瞬立ち止まってしまう。ハンターたちの一人が僕らに気がついた。

「お、初めて見る顔だな。同業か。よろしく」

もう一人のハンターが無遠慮な目つきでじろじろと眺め、バカにするような笑みを浮かべた。

「ひょろい男と弱そうな女だな。ここは遊びで来る場所じゃねえぞ。観光ならよそに行くんだな」

完全に挑発されていたけど、僕が弱いのは本当のことだし、これくらいならよくあることだから今さら気にはならない。

「僕たちは一角獣の万能薬を取りに来たんですけど、あなたたちもですか?」

「おいおい、見てわからねえのか?」

六人のハンターたちは全身を装備で固めていた。

動きやすい皮鎧に、剣や弓などを装備している。腰に付けているのは投げ網かな。

きっと一角獣を捕らえるための物だよね。

そこまでは僕でもわかる。

でも、最初に話しかけてきたリーダーっぽい人だけは、他の人とは違う、鉄で作られた細長い筒状の武器を持っていた。

「それ、銃ですよね」

僕が指摘すると、リーダーの目つきが少しだけ変わった。

「ほう、銃を知ってるのか。さすがにこんなところまでお遊びで来てるわけじゃないってことか」

「一度だけ見せてもらったことがあるので」

銃は最近遠い国で開発されたばかりの新しい武器だ。

クラインの店にもひとつだけあるけど、高くて僕にはとても手が出せなかった。

タイプは色々あるらしいけど、あの細長い筒の中で爆発を起こし、その力で弾を飛ばす非常に殺傷力の高い武器らしい。

筒を大きくして、弾のサイズも巨大にすれば、ドラゴンすら倒せるほどの威力になると言ってた。

「まるで猛獣でも倒しに行くような装備に見えますけど……」

「一角獣はS級モンスターだ。これくらい当然だろ」

一角獣の角をとるやり方は大きく分けると二種類ある。

僕のように生きている一角獣から少しわけてもらう方法と、一角獣を倒して取る方法だ。

ハンターたちは明らかに一角獣を倒して取るつもりだった。

もちろんやり方は人それぞれだ。僕に文句を言う権利はない。

でも。

「一角獣はこのあたりにはたぶん一頭か二頭しかいません。それを傷つけるのは……」

「傷つけるってなんだよ。甘ちゃんだな。殺してはぎ取るに決まってるだろ」

僕があえてぼかして言ったことを、ハンターたちがわざわざ言い直した。

僕の後ろから服をつかんでいたライムが、ゆらりとした足取りで前に出る。

「わたしこの人間ども嫌いです」

「う、うん、気持ちはわかるけどちょっと待って」

前に出ようとするのを慌てて引き留める。

声は落ち着いていたけど、顔はほとんど無表情だった。

うれしいことも悲しいことも全部顔に出るライムが無表情なのは、かえって怖い。

嫌な予感しかしなかった。

「止めないでください。わたしたちには戦わなければならないときがあるんです」

「うん、それはわかったから、まずはいったん落ち着こうよ」

僕がライムをなだめているあいだにも、ハンターたちの話は盛り上がっていた。

「モンスターなんて所詮は害獣だからな。いなくなったらまた新しいのを見つけるだけだ」

「せっかく装備を新調しても、人間相手に試し斬りはできないからな。でもモンスターならいくら殺しても問題ない」

「それどころか殺せば殺すほど金になるんだ。最高の仕事じゃねえか。お前らもそう思うだろ?」

ハンターたちの笑い声が響く。

「……………………」

対するライムの顔からは、表情が完全に消えていた。

そばにいる僕の肌がライムの怒気に当てられて粟立つ。

これは本当にまずい。

僕が本格的に止めに入ろうとしたとき。

「アンタたち、いい加減にしなさいよ」

僕たちのあいだに割って入る声が響いた。

「モンスターを殺して当然とか、そんなのは三流以下の考えよ。恥ずかしいと思わないの？」

小屋に入ってくるなりそう言い放ったのは十三、四歳くらいのまだ小さな女の子だった。

完全武装のハンターたち相手でも臆せずに真正面から向かっていく。

「殺すなんて誰でもできるのよ。生かして捕まえる方が何倍も難しいってわからないの？　なのに強い自分カッコいいアピールとか笑っちゃうわよね。しかも自分じゃなくて武器が強いアピールとか。恥ずかしいを通り越して情けないわ。だいたい、アンタたちみたいな奴らのせいでユニコーンはこんなに絶滅寸前になったんでしょ。責任とって死ねばいいのに」

いきなり言いたい放題だなあ。

さすがのハンターたちも唖然としてるよ。

女の子がそんなハンターたちを鼻で笑う。

「あら、なにも言えなくなっちゃった？　勉強になってよかったじゃない。これを機に反省することね」

「いきなりすぎてビックリしてるだけじゃないかなあ」

実際そうだったみたいで、我に返ったハンターたちが怒り出す。

「ガキのくせに生意気なこと言いやがって！」

「女だからって許してもらえるとか甘いこと思ってるんじゃないだろうな」

「そこまで言うくらいだ。当然俺たちよりも強いんだろ？」

ハンターたちが武器を構える。

半笑いの表情だからたぶん脅しのつもりだったんだろう。

でも女の子は鼻で笑うだけだった。

「あったりまえでしょ。相手の実力もわからないなんて三流以下の四流だったみたいね」

「……。それ以上は冗談じゃすまねえぞ」

ハンターたちの空気が変わった。

明らかに本気の目つきだ。

僕は慌ててお互いのあいだに割って入った。

「まあまあ、みんな落ち着いて。ケンカはよくないよ」

「関係ねえやつはすっこんでろ」

「そうよ。邪魔しないで。こういう奴らは一度痛い目みないとわからないんだから」

お互い引く気はまったくないみたいだったけど、僕だってここで引き下がるわけにはいかない。

「ここでのケンカは禁止のはずでしょ。それに、君はもしかしたら素材ハンターのニアじゃない？」

「アタシのこと知ってるの？」

「うん有名だからね」

「ニアだって……？　まさか、S級ハンターのニアのことか!?」

ハンターたちもざわめきだした。

「誰だそいつは？」

「知らないのか？　数々のＳ級クエストをこなし、その達成率は驚異の30％を超えるという、最近話題のハンターだよ」

「30％だって!?」

ハンターの一人が驚きの声を上げた。

冒険者協会が制定するＳ級クエストの基準は「失敗して当然」だ。

それくらい危険で難しいという意味なんだ。

そんなクエストを30％という高達成率でこなすのは世界でも数えるほどしかいないって聞いたことがある。

「しかも高難度のクエストばかりこなしているから経験値もたくさん稼いでいて、レベルは50を超えてるって噂だ」

「素材ハンターでありながら並の戦士職よりも強いっていうあれか」

それが本当ならかなりすごいことだ。

しかもまだ十代前半。まさに天才中の天才だね。

自分の噂に気を良くしたニアが自慢げな表情で胸を張る。

「噂には尾ひれが付くものだけど、残念ながら今の話は全部本当なのよね。ちなみに今のレベルは

54よ。アンタたちは見たところ、30台前半ってとこかしら？」

「……ちっ。S級ハンターと戦いになれば、さすがに無傷ってわけにはいかないか」

ニアの推測が正しかったのか、ハンターたちが武器を納めた。

「クエスト前によけいな怪我をすることもねえ。ここは引き下がってやるよ」

「ピクニックがしたいなら勝手にしてろ。だが俺たちの邪魔はするんじゃねえぞ」

ハンターたちが口々に悪態を付きながら二階に上がっていく。

珍しく部屋がいっぱいだなと思ってたけど、彼らが使ってたからだったんだね。

やがてニアが僕のほうを向いた。

「さっきは助けてくれてありがとう。戦えばアタシが勝つのはわかり切ってたけど、礼は一応言っておくわ」

お礼を言ってるらしいんだけど、その口調は傲然としていた。

十代前半にしてはずいぶん背が低いから見上げる体勢になるんだけど、腕を組んで不敵な笑みを浮かべている。

ライムが面白そうにニアに駆け寄った。

「あはは-、ちっちゃいのに偉そうでかわいいです-」

「ちょっと頭をなでないで！」

ニアが手を振り払う。

けど、ライムはすぐにもう片方の手で抱きしめた。

「うわー、抱き心地も最高ですー」

「こら、ちょっと、抱きつくな！」

ニアがライムの腕の中で暴れる。

だけどその腕はぴくともしなかった。

「な、なんでアタシの力でもふりほどけないの!?　なんなのよこの女！」

「はわー、娘ができたらこういう感じなのかなあ。カインさんとの子供はこういう元気な女の子がいいです！」

「うん、その話はちょっと気が早いっていうか、ニアは子供というには少し大きすぎるっていうか、どっちにしろ今する話じゃないと思うかな」

ライムに抱かれたままニアが「誰が子供ですってー！」と怒っていた。

S級ハンターニアの目標

「まったく！　なんなのよまったく！」

ようやくライムから解放されたニアがまだ怒っていた。

どうやら子供扱いされるのがよっぽど嫌いみたいだね。

「それにしてもあのニアとこんなところで会えるなんて光栄だよ」

「有名な人なんですか？」

「僕たちのあいだではかなり話題になっててね。数々の高難度クエストをクリアしてるだけじゃなく、様々な新種のアイテムを発見したり、傷つけずに捕獲する方法なども次々に考案している。それに『レアドロップ』や『隠密』などのレアスキルも持ってるすごい人なんだ」

僕の説明に気を良くしたのか、ニアが再び自慢げな表情になった。

「ふふん。アンタはよくわかってるみたいね。アタシのすごさがわかったらもう子供扱いはやめることね」

「でもでも、ニアちゃんはとってもかわいいよ」

「だからかわいいとか言うな！　アタシの目標は美しくてカッコいい冒険家なのよ。だから……だからなでるな！　抱きつくな！　……ああもうなんでこんなに力が強いのよこの女は！」

再び抱きつかれたニアが暴れるけど、ライムの腕はびくともしなかった。

ライムは見た目の細腕に反して、ドラゴンもワンパンするほどのパワーを持ってるからね。

よっぽどの力自慢じゃないと逃げることは無理なんじゃないかな。

「わたしはかわいいって言われるとうれしいのに、なんでニアちゃんはイヤがるの？」

「……アタシには目標としてる人がいるの」

逃げることをあきらめたニアが、仕方なくライムに抱きしめられたまま話しはじめた。

「その人もアタシと同じ素材ハンターらしいんだけど、S級クエストどころかSS級とか、もっと上のクエストとかも簡単にクリアしちゃうらしいの。アタシはその人に憧れて素材ハンターを目指してるのよ」

そう言ってから僕たちを見た。

「アンタたちもユニコーンの角を取りに来たんでしょ」

「うん、そうだよ」

「自分で言うのもなんだけど、ユニコーンを捕獲するのはかなり難しいわ。アナタたちもそれなりに有名な冒険者なんじゃないの？」

「全然そんなことはないよ。そういえば自己紹介してなかったね。僕はカイン。そっちの子がライムだよ」

「よろしくねニアちゃん！」

ライムが元気いっぱいに挨拶をしたけれど、ニアは僕のことを驚きの目で見つめていた。

「カイン……？　まさかそんな……」

僕をまじまじと見つめている。

「どうしたの？　どこかで会ったことあったっけ？」

「ちょっと冒険者カードを見せなさ……見せてくれませんか」

「？　いいけど……」

なぜだか急に丁寧な言葉遣いになっていた。

取り出したカードを渡すと、ニアはまじまじとそれを調べはじめた。

「名前は本当にカインなのね……。それでレベルは……はあ!?　レベル1!?　しかもスキルがひとつもなし!?」

驚きの声が上がる。

まあそうだよね。

どんな人でもスキルが最低でもひとつはあるものなのに、僕はひとつもないんだから。

逆にレアなんじゃないかな。

自分で言ってもむなしくなるだけなんだけど。

「さすがにレベル1のスキル0ならアタシの探してる人とはちがうわよね。ごめんなさい、人違いだったわ」

元の口調に戻って冒険者カードを返してくれる。

「誰か探してる人がいるの？」

「アタシ、前に一度死にそうになったことがあって……。そのとき助けてくれた人が、カインって名前らしいの」

「そうなんだ。じゃあ命の恩人を捜してたんだね」

「でも、アタシはそのときのことを全然覚えてないの。名前もあとから聞いて初めて知ったくらいで……。だからその人のことを探しはじめたんだけど、調べるうちに、実はものすごい人だってわかってきたの」

ニアが少し興奮した様子で早口に説明しはじめる。

「それまで素材は、モンスターを倒して奪うのが普通だったけど、その人が初めてモンスターを倒さずに素材を取ってきたんだって。その人はS級どころかSS級のクエストすら簡単にこなしてしまうほどの実力者。魔獣のはびこる遺跡や危険地帯にも単独で潜入し、かすり傷一つ負うことなくあっさりと帰還するそうよ。しかもそれだけの功績を残しながら、自分はほとんど表舞台に出ることはない。一説にはSS級とかSSS級ハンターに匹敵すると言われてるけど、本人はランクには興味がないからって断り続けてるらしいの。だからどこにも記録がないのよ。

アタシが素材ハンターになったのもその人にあこがれたからなの。それに、アタシも有名になれば、いつかその人に出会うことがあるかもしれないでしょ。もちろんアタシなんてまだまだ追いつけないいけど、いつかとなりに並んで一緒に冒険するのが夢なんだ」

まるで恋する乙女のようにうっとりと語る。

なるほど、確かにすごい人みたいだし、僕とは違うカインさんなんだろうな。

ライムがやけに笑顔を輝かせながら聞いていた。

「じゃあニアちゃんはわたしと同じですね」

「同じって、なにがよ」

まだ気を許していないらしくちょっと不機嫌なニア。

ライムは僕の腕に抱きついてみせた。

「わたしはカインさんが大好きなんです。ニアちゃんもそのカインさんが大好きなんですよね？」

「す、好きって、そんな……！」

急に顔を真っ赤にして慌てだした。

「好きだとかそんな、恐れ多いわ！　自分はただ尊敬してるだけで……それに顔も知らないし……。ただ、きっと強くて、なんでも知ってて、カッコよくて、そして……とても優しい人なんだろうなあって思ってるだけで……」

赤い顔のままもじもじと語るニアに、ライムが何度もうなずいていた。

「ニアちゃんの気持ちとってもわかるよ。わたしもカインさんに会うまで、この好きっていう気持ちがなんだかわからなかったから」

「気になってたんだけど……アナタたちは、その、やっぱり付き合ってるのよね……？」

「同じことをよく聞かれるけど、そのつきあうっていうのはまだ意味がよくわからないかな。でも、わたしはカインさんが大好きなの。それがとってもうれしいんだよ！」

「そうなんだ……。恋ってそういうものなのね……。でも、わかるかも……。アタシもいつかは、あの人と……」

ニアが赤い顔をうつむかせながらつぶやく。

そういう表情は年相応の女の子みたいでかわいらしいなあ。

ちなみに僕もニアに負けないくらい顔を赤くしていた。

本人が目の前にいるのにライムは全然遠慮しないから、恥ずかしくてしかたがないよ。

ユニコーンの簡単な見つけ方

次の日は朝早くに起きた。

朝日もまだ半分顔を出したくらいのかなり早い時間だ。

となりではライムが静かに寝息をたてている。

といってもいつもみたいに同じ布団で寝てるわけじゃないよ。

休憩小屋の部屋を借りたけど、ベッドはそのまま寝られるようなものじゃないから、僕とライムはそれぞれ別の寝袋で寝ていたんだ。さすがに寝袋の中に二人入るのは無理だからね。

「カインさんおはようございます～」

ライムが目をこすりながら起き上がった。

いつも家で起きるより二時間くらいは早い。そのせいかだいぶ眠そうだった。

「もうちょっとゆっくりしててもいいよ」

「ん～……」

目をゴシゴシとこすり、半分閉じた瞳を僕に向ける。

「カインさんはどうしますか？」

「僕は一階に降りて朝食の用意をしてくるよ」

「じゃあ一緒にいきます～」

のろのろとした動きで寝袋から這い出てくる。

見てて危なっかしいので手伝ってあげることにした。

「大したことはしないから、眠いなら無理に来なくても大丈夫だけど」

「じゃあ一緒に寝ながら行きますぅ……ぐぅ……」

寝袋から出るとすぐに僕の背中に抱きつき、そのまま寝息を立てはじめた。

ほとんど子供だね。

昨日はニアのことを自分の娘みたいだとか言ってたけど、これじゃあライムの方が娘みたいだ。

「あ、そういえば、カインさん……」

僕の背中でライムがなんでもないことのようにつぶやいた。

「今朝は交尾をしてくれなかったですね」

「ええっ!?　別にそんな、毎日してるわけじゃないし……」

そもそも交尾とかじゃないし……。

「朝はいつもカインさんが交尾をして起こしてくれるので、今日もちょっとだけ楽しみにしてたんですけど……」

ライムが僕の背中で小さく笑う。

「でも、カインさんの背中で眠るのも、きもちいーですぅ」

「そ、そう……」

ライムがそう言うのならそれはいいんだけど。

いきなりヘンなことを言われたせいで、背中に当たる感触が急に気になりだしてしまった。

うう……。せっかく気にしないようにしてたのにな……。

早いところ一階に行ってライムを下ろさないと。

気持ち早足になって階段を降りる。

一階の共用スペースにはすでに先客がいた。

「おはよう。……アンタたち本当に仲がいいのね」

先に来ていたニアが挨拶してくれた。

背中のライムを半分呆れながら、半分うらやましそうに見ている。

ライムを下ろしてイスに座らせると、ようやく目の前の人物に気がついたみたいだった。

「……あ、ニアちゃんおはよう～」

「ニアも朝ごはん?」

「そうよ。ユニコーンは朝早くから活動してるからね」

ニアはテーブルに置いた鍋に水を張り、保存食をふやかしていた。一緒に野菜や干し肉なんかも入れ、鍋の下に炎の魔石を置いて炊き込んでいる。

保存食は日持ちする代わりにものすごく不味《まず》いんだよね。だからこうやって簡単とはいえ調理する人は多い。

「それはなに～……？」

興味を引かれたライムがのろのろと顔を上げた。

「保存食よ。見たことないの？」

「うん……、初めて見たぁ……。美味しいの？」

「……食べてみる？」

「……いいの？　わーい、ニアちゃんありがとー！」

眠そうだった目が一瞬でぱっちりと見開く。

ニアから作りかけの朝食を受け取ると、さっそく食べはじめた。

満開の笑顔が一口ごとに曇り、やがてなにかをこらえるようにしかめっ面に変わった。

「ううう－。なんかすっごい……なんかすっごい味がするぅ……」

吐き出しこそしなかったけど、ものすごく嫌そうな顔で飲み込んだ。涙もちょっとにじんでいる。

ライムには表現できなかったみたいだけど、冒険者のあいだでは「油粘土を食べてるみたいな味」と言われるくらい不味いんだよね。

栄養だけは豊富だからみんな我慢して食べるけど。

だから野菜とか干し肉とかと一緒に煮込んで味をごまかすんだ。

「うう——……。でもおかげで目は覚めてきたかも……」

ライムが舌を出してヒーヒー言いながらつぶやく。

ご飯がもらえる、と聞いた時点ですでにばっちり目は覚めてたように見えたけどなあ。

「ほらライム、昨日の残りだけどこれ食べて」

余っていたおにぎりを渡す。

よほど保存食の味が強烈だったのか、おにぎりを受け取ると丸ごと口の中に放り込んでしまった。

しかめっ面だった顔が徐々にほぐれていく。

「ふわあ……。やっぱりカインさんの料理は美味しいです。口の中もサッパリしましたし。これの中身はなんですか？　初めて食べた味でしたけど」

「梅干しっていうちょっと変わった食べ物だよ。本来はもっと酸っぱいんだけど、これはライム用にハチミツでちょっと甘くしてあるんだ」

「わたしのために……。えへへ……」

ライムが妙にうれしそうに笑みをこぼす。

梅干しがそんなに美味しかったのかな？

その様子をニアが少し驚いた表情で見ていた。

「炊いたお米なんて、そんな傷みやすいものどうして持ってるの？」

「梅干しは梅っていう果実を塩漬けにしたものだから、保存が利きやすいんだよ」

ライムがたくさん食べると思って用意したんだけど、一日で着いちゃったからね。けっこう余っちゃったんだ。

ちなみに梅干は食べると種が残るはずなんだけど、ライムは一口で食べちゃったから一緒に飲み込んじゃったみたいだ。

今度正しい食べ方をちゃんと教えないとね。

ライムがおにぎりを食べるあいだに、朝食の準備を進めることにした。

テーブルの上に火の魔石を置いて、その上に金網をかぶせると、簡易的なたき火が出来上がった。

これならどこでも出来るし、簡単な調理なら十分なんだよね。

だいぶ温まってきたところで、金網の上におにぎりを置く。

熱くなった金網がおにぎりを焼き、じゅーっといういい感じに香ばしい音と匂いを立てはじめた。

ライムの表情がみるみるうちにとろけていく。

「ふわあ～、美味しそうな匂いと音です～」

行商人の屋台でやっていた手法を真似てみたんだけど、うまくいってるみたいだね。

「はいできたよ」

いい感じにできた焼きおにぎりをライムに渡す。

さっそく一口で食べると、急に表情が変わった。

「熱っ、熱いれすっ」

「ははは、焼きたてだからね」

「でも焦げた部分がすっごい美味しいですぅ～」

本当にうれしそうなライム。

ニアもちらちらとこっちを気にしていた。

焼きおにぎりの焦げる匂いと、ライムの表情に引かれてるみたいだった。

「よかったらニアも食べる？」

「あ、いや、アタシは……」

「余ってるから処分するのを手伝ってほしいんだ。さっきライムに保存食をくれたお礼もあるし」

「……。そういうことならもらっておくわ。ありがとう」

意外と素直に受け取ってくれた。

保存食は本当に美味しくないからね。ニアもできれば食べたくなかったのかも。

おにぎりを受け取ると、それを少しだけ眺めてから、三角形に握られた部分の上端を口に含んだ。

ライムのおかげで感覚がマヒしていたけど、普通はこういう食べ方だよね。

「……そんなにじっと見られるとなんか食べにくいんだけど」

「ああ、ごめんね。口に合うか気になってさ」

「美味しいわよ。とても。ただのおにぎりがどうしてこんなに美味しいのか不思議なくらいだわ」

「そうだよね!!　カインさんの料理は世界一美味しいんだよ！」

ライムがまるで自分が褒められたかのように喜んでいる。

「実はこのあいだ行商人の屋台に行ったんだけど、そこでヒントをもらってね。そのときのを参考にしてアレンジしたんだ。うまくいってよかったよ」

「……ちょっと待って。アンタたちケープサイドから来たのよね？」

「そうだけど」

「あの街からここまでは、早くても三日はかかるわ。でも行商人の到着予定は一昨日のはず。行商人の屋台を見てからここに来たのなら、どんなに早くても到着は明日になるはず……」

「三日もかかってないよ」

答えたのはライムだ。

「街からここまで、大体半日くらいだったかな？」

「はあ？　半日？　いくらなんでもそんなの不可能よ。寝ないで森の中を歩いてきたとしても……」

「でも、空を飛んできたから、すぐだったよ」

これにはさすがのニアも目を丸くしていた。

「空を飛ぶ……？　飛行のスキルが使えるの？　かなりのレアスキルじゃないそれ」

確かに飛行スキルを持ってる人は僕も見たことがない。

世界でも数えるほどしかいないんじゃないかな。

「カインさんを抱っこしながら飛んできたんだ。ニアちゃんも一緒に飛ぶ?」

「そんな飛び方なら絶対いやよ」

「でも空を飛ぶのは結構気持ちよかったよ。一回くらいは経験してみてもいいかも」

僕がそう言うと、ニアが迷うような表情を見せた。

「確かにこんなチャンス滅多にないし、一回くらいは飛んでみるのも……。でも、ぬぬぬ……」

だいぶ葛藤している。

ライムに子供扱いされるのがよっぽど嫌みたいだね。

「ところでニアは一角獣を無傷で捕まえる予定なんだよね」

「当たり前じゃない。絶滅寸前のユニコーンを殺すなんて信じられないわ」

「それは僕たちも同じなんだ。一角獣を傷付けないで薬の材料だけもらう予定だから、よければ一緒に探しに行けないかな」

ニアが僕たちに視線を向けて、一瞬だけ考えるように無言になった。

「……ま、いいわよ。一人で探すよりも効率がいいのは確かだしね」

「よかった。ありがとう」

「このアタシと一緒にクエストができるなんて光栄に思いなさいよ」

「本当にS級ハンターのニアと一緒にできるなんて助かるよ」

「ふふん、そうでしょうそうでしょう」

ニアが得意げに胸を反らしていた。

そういうわけで一緒に協力して探すことになった。

今は一角獣探しの準備をしているところだ。

ニアが僕たちの荷物に目を向ける。

「……ずいぶん持ち物が少ないみたいだけど、それで大丈夫なの？」

「僕はレベル1で力もないからたくさんの荷物は持てないんだ。だからなるべく現地調達ですませようと思って」

「荷物くらいわたしが持ちますよ！」

「ライムにだけ重いものを持たせるわけにはいかないよ」

確かにライムの方が力はあるから僕よりもたくさん持てるかもしれない。でも、だからってさすがにそれに甘えるわけにはいかないよね。

「はいはい、のろけるのはそれくらいにしなさいよ」

ライムが首を傾げる。

「のろけるってなんですか？」

「そ、それは……。つまり、仲いいところをアタシに見せつけないでって意味よ」

「わたしとカインさんはそんなに仲良く見えるってこと？　えへへー、なんだか照れちゃうなー」

ライムが両手を頬に当ててクネクネと体を踊らせている。

なんかそんな風にされると僕まで恥ずかしくなってくるんだけど……。

「見えるもなにも、アンタたちは最初からずっと仲がいいじゃない……。というか、そもそもレベル1でS級クエストに来るとかなにを考えてるのよ」

「このクエストなら戦いをしないでも平気だから、僕でも大丈夫かなって」

「それはまあ、確かにそうだけど……。でもその方が難しいのは知ってるんでしょ。ユニコーンを捕獲した経験はあるの？」

「捕まえたことはないかな。会ったことならあるんだけど」

「会えただけでも大したものよ。このアタシだって捕獲はまだ二回しかないくらいなんだから」

「二回も捕獲できたの？　それはすごいね」

一角獣は警戒心が高く、人間が近づくだけで逃げ出してしまう。

それに一角獣自体がモンスターとしてかなり強い。

うまく近づけたとしても、激しい反撃にあって返り討ちにされてしまうことが多いんだ。

一角獣のクエストがS級なのは発見の難しさもあるけど、戦いになった時の強さも含まれてるんだよね。

そんな一角獣を生け捕りにしたとなれば、それだけで有名冒険者の仲間入りだ。

「やっぱりさすがS級ハンターのニアだね」

「ふふん。それほどでもあるけどね。まあ狙われたユニコーンを逃がしてあげるためだったから、捕獲というよりは保護だったけど」

「ほう、女子供どもは一緒に行動するつもりか」

ハンターたちが二階から降りてきた。

すでに準備を終えていたみたいで、全員装備を整えている。

「ずいぶん重武装ね。恥知らずは恥知らずのままなのね」

「くくく……。まあお前たちはゆっくりとモンスター探しをしてればいいさ」

「アンタ達こそアタシの邪魔しないでよ」

ニアが釘を刺したけど、ハンターたちはニヤニヤ笑うだけで何も答えなかった。

そのまま外に出ていく。

「なにか嫌な感じね」

ニアがハンターたちの出て行った扉を見ながらつぶやいた。


ハンター達が外に出て少ししてから僕たちも一角獣探しに出かけた。

「ニアはどうやって一角獣を探してるの？」

山道を歩きながら話しかける。

「アタシは姿を消して近づくのよ。それでバレないようにこっそりと角の一部を削り取ってくるの」

「姿を消す？　そんなことできるんだ」

僕が驚くと、ニアがふふんと自慢げな表情になった。

「そうよ。驚くのも無理はないわよね。なにしろこのスキルが使えるのは世界でも数人しかいないんだから」

「もしかして姿がまったく見えなくなるやつ？　昔それを使った人間に追いかけられたことがあるよ。姿だけじゃなくて気配まで完全に消えちゃうからすごく怖かったな」

懐かしそうに話すライムに、ニアが呆れた視線を向ける。

「気配遮断スキル持ちに追われるって……、それ完全にプロの暗殺者じゃない。アンタいったいなにやらかしたのよ」

「なにもしてないよ」

「なにもしてないのに追われる訳ないと思うけど。まあアンタの場合無自覚になにかやらかしてても不思議じゃないけど」

「ライムもよく逃げられたね。見破る方法とかあるの？」

「見つけるのは難しいですが、逃げるのなら簡単です。相手より速く走ればいいだけですから！」

なるほど。とてもライムらしいね。

となりでニアが呆れた表情を浮かべた。

「理屈ではそうだけど……。アンタ見かけによらずけっこう脳筋よね」

ライムが首を傾げる。

たぶん脳筋の意味がわからなかったんじゃないかなあ。

まあ無理に教えることもないよね。

そうやって話しているうちに予定の場所に到着した。

まだ山の中だけど、一角獣はかなり遠くからでも人間の気配を察知して逃げてしまう。

だから離れた場所から準備しないといけないんだ。

「まずは聖水で体を清めるのよ。ユニコーンは汚れたものを特に嫌うからね。アンタたちもそれくらい持ってきてるでしょ？」

「ああ、うん。ごめん。持ってきてないんだ」

「はあ!?　聖水がない!?　それでどうやって近づくつもりなのよ」

聖水は高位の司祭に清められた特別な水だ。

清めてもらった直後はとても綺麗なんだけど、そのままだとすぐに汚れてしまう。だから専用の瓶に入れて保存しないといけない。

これがけっこうな量になるし、とても重いんだよね。

「実は近くに綺麗な水の泉があってね。そこを利用しようと思って」

「聖水の湧く泉？　そんなのあったかしら」

「前に来たときに見つけたんだ。よかったら案内するよ」

僕が先頭になって山の中を歩く。やがて視界の開けた場所に出た。

木々に視界を制限されていた中で、そこだけが丸くぽっかりと切り取られたように開けている。

丸い青空から朝日が射し込み、中央の泉に降り注いでいた。

「わあ、とってもキレイな場所ですね！」

ライムが歓声を上げながら泉に向けて駆け出した。

遅れてニアが驚いたように歩を進める。

「なにここ……。この山には何度か来たけど、こんな場所があるなんて初めて知ったわ……」

「一角獣は清らかな水しか口にしないからね。ここに一角獣がいるなら、こういう綺麗な泉も必ず近くにあると思ったんだ」

「それは確かにそうかもしれないけど……」

「だから探したら、運良く見つかったんだよ。それに山の動物たちにも聞いたら教えてくれたし」

「動物に聞いた？　会話ができるの？」

「会話っていうか、なんとなくわかるって感じかな。泉の場所をたずねたら、そっちの方向を向いたりするから」

「でも、こんな開けた場所があったのならアタシが気がつかないはずがないわ。かといってこれだけの場所が急にできるわけもないし……」

「それならきっと、ここの守護者のおかげかもしれないね」

「守護者？」

僕は中央の泉へと足を向けた。

泉の底まで見える透き通った泉だ。

ライムはすでに服が濡れるのも気にせずに泉の中に入って遊んでいたけど、僕は泉の縁にかがんで、まずは守護者に許可を求めることにした。

「今日もここを少し借りるね」

水に触れて小さくつぶやく。

すると、透明な水が盛り上がった。

それは徐々に姿を変え、やがて透き通った体に長い髪を持つ、美しい女性の姿になる。

「うわっ、いきなりなんですか？」

「まさか、ウンディーネ!?　四大精霊がどうしてこんなところに！」

現れた水の精を見て、ライムとニアがそろって驚いた。

「そうか、ここはウンディーネの泉なのね。精霊の加護がかかっていたからアタシにも見つけられなかったんだわ。カイン、すぐに離れなさい！」

ニアが僕と泉の精のあいだに割り込む。

「数ある精霊の中でも、四大精霊の一人であるウンディーネはかなりの強敵よ。戦いになれば無事では済まない。レベル1のアンタじゃ戦いにもならないわ。早く逃げなさい！」

「ありがとうニア。でも大丈夫だよ。ここに来るのは初めてじゃないから」

僕は水の人影に向かう。

ウンディーネはニコリと微笑むと、僕の手を両手で握りしめた。

ひんやりとして心地よく、とても水とは思えないさらさらとした肌触りが僕の手を包む。

ウンディーネが僕に向けて何かを言った気がしたけど、精霊の言葉は僕たち人間には聞き取れないんだ。

だけど。


「……………むむぅ」

ライムが見るからに不機嫌な顔で黙り込んだ。

それを見て、僕はとあることに気がついた。

「もしかしてウンディーネの言葉がわかるの？」

人間には聞き取れなくても、モンスターであるライムにならわかるのかもしれない。

「まさか、精霊の言葉がわかる人間なんているはずないわ」

ニアは否定したけど、僕には確信があった。

「ライム、ウンディーネはなんて言ってるんだい？」

「…………。全然わからないです」

さっきまでの笑顔がウソのように消えて、ものすごく機嫌が悪そうに頬を膨らませている。

ライムは根が素直だから感情が全部顔に出てしまう。

これはどう見てもなにかを言われた顔だ。

「ライムがそう言うなら無理には聞かないけど」

「……すみませんウソです。この泉はカインさんが好きに使っていいそうです。でもそれ以外は何も言ってませんでした。なーんにも言ってませんでしたからっ！」

強くそう言い切ると、プイっとそっぽを向いてしまった。

「なにをそんなに怒ってるの？」

「怒ってなんかないです！　なーんにも、全然、まーったく怒ってなんかいないです!!」

「そうは見えないんだけど……」

ウンディーネになにを言われたのかはわからないけど、言いたくないのなら無理には聞かないでおこうか。

「泉を使わせてくれてありがとう」

ウンディーネに向けてお礼を伝える。

ニコリと美しい微笑みを浮かべると、女性は形を失い、元の水に戻ってしまった。

ニアがその光景を唖然として見ていた。

「なんなの……。なんなのよアンタたち……。精霊の言葉がわかるだけでもすごいのに、精霊に認められるなんて……」

「来るのは二度目だからね。それで入れてもらえたんだと思うよ」

「だったらその一度目はいったい何をしたのよ……。四大精霊っていうのは、この世界を構成する基本元素のひとつを司る原初の精霊のことよ。それを従えたとなれば、それだけで世界の真理に一歩近づいたと言っても過言ではないほどの大事件。それを、こんな簡単に……夢を見てると言われたほうがまだ信じられるくらいだわ……」

「僕は特になにもしてないんだけど」

「何もしてないのに、精霊のほうから勝手に……？　そんなことあるのかしら。いえ、もしかしたら……」

「どうしたの？」

たずねたけど、ニアは首を振るだけだった。

「なんでもないわ。そんなことあるわけないんだし、アタシの気のせいよ」

みんなで水浴び

ウンディーネの許可をもらったので、さっそく泉の水を使わせてもらうことにした。

「一角獣は汚れを嫌うからね。ここの水で体をきれいにするんだよ」

「水で体をきれいにする……」

ついさっきまで不機嫌だったライムの顔が、急にぱあっと明るくなった。

「それって水浴びですか!?　わたしも昔はよくやっていました！」

そう言うが早いか、着替えることもなくそのまま泉の中に飛び込んでいった。

盛大な水しぶきが上がり、水面から顔だけを突き出す。

「冷たくて気持ちいいですー。カインさんも一緒に入りましょう！」

「なんで服のまま入ってるの!?」

「えっ？　……あ、そうでした。そういえば人間は服を着てるんでしたね」

ライムが水の中に潜ってもぞもぞと動く。

なにかを終えると、泉を出て勢いよく僕の前へと飛び出してきた。

服をいっさい着ていない状態で。

「はい！　これなら大丈夫ですね！」

「なんで裸になってるのよ!?」

今度の叫び声はニアだ。

ライムの正体はスライムで、体を人間に擬態させている。服もその擬態能力で作ったものだ。

だから服を消した状態に変化しただけで、服を脱いだわけじゃないんだよね。

でも僕たちから見たら、いきなり服が消えてしまったように見える。

早着替えってレベルじゃないいんだけど、ニアにはそれを気にする余裕はなかったみたいだ。

そりゃまあ、いきなり裸になって僕の前に出てくればね……。

ちなみに僕はというと、ライムの裸を見ないように顔を背けていた。

「裸じゃなくて、せめて水着に着替えるとかできないかな……」

「みずぎ、ってなんですか？」

ライムが聞き返してきた。

自分で言っておいてなんだけど水着の説明を口でするのは難しい。

濡れてもいい服なんだよ、と言ったところでたぶん正しくは伝わらないと思うし。

それに裸になって全身を清めたほうが効果が高いのは言うまでもないからね。

それにしても、いつも自分の感情に素直なライムだけど、この山に来てからはいつも以上に開放的というか、元気だよね。

やっぱりこういうところに来ると野生の血が騒いだりとかするものなのかな。

ニアに目を向けてみると、裸のライムに怒りながらも、チラチラと泉のほうを気にしていた。

どうやら自分も水浴びをしたいみたいだ。女の子はみんなお風呂とかが好きだからね。男の僕なんかは濡れた布で体をふくだけで十分なんだけど。

でもニアだって水着なんて持ってきてないはず。

「わかったよ。僕は反対を向いてるから、そのあいだに水浴びを済ませておいて」

「えー、カインさんは一緒にしないんですか？」

残念そうな声に少しだけ胸が痛むけど、さすがにそういうわけにはいかない。

「僕は向こうにいるから。かわりにニアと一緒に水浴びしててよ」

「えっ!?　い、いや、アタシは別に……」

「でも全身を清めたほうがいいのは確かだし。持ってきた聖水じゃそこまでの量はないでしょ」

「う……。それはまあ、確かにそうだけど……」

「ニアちゃんも一緒に水浴びするの？　わーい！　あそぼあそぼー！」

「わっ、こらちょっと！　これは遊びじゃな……勝手に脱がさないでっ！」

僕は後ろを向いてるから見えないけど、どうやらライムがニアの服を脱がせているみたいだ。

「ううう……。このアタシがまったく抵抗できないなんて……。アンタ本当になんなの……」

「へえー、ニアちゃんのここってこうなってるんだ」

「な、なによそんなにじろじろ見て。別に珍しいものでもないでしょ。確かにアンタみたいに大きくはないけど……」

「人間の体を真似てはいるんだけど、こうやってじっくりと観察したことはなかったから、参考にしようと思って」

「……なにそれ、どういう意味？」

「ちょっと触ってみていい？」

「きゃあっ！　ちょ、ちょっとそんなところ触らないでよ！　まだなにも言ってないでしょ！」

「でもここをさわると気分がぽわーってするっていうか、体の中が熱くなってきて、気持ちよくなるでしょ？」

「し、知らないわよそんなの！」

「わたしはいつもカインさんにさわってもらってるよ」

「い、いつもしてもらってるの!?」

「うん。カインさんに触ってもらうと、とっても気持ちよくなるんだよ！　だからニアちゃんも同じなのかなと思って」

「き、気持ちよくなんかないわよ！」

ライムはいったい何の話をしてるのかなあ？

僕にはなんのことかさっぱりわからないけど、今すぐ止めた方がいい気がしてならない。

でも僕は二人を見ないようにしながら水浴びしてるから、止めに行くことはできなかった。

「ニアちゃんは気持ちよくないんだ。じゃあどうしてわたしは気持ちいいのかな」

「どうしてって……。それは、その……好きな人とだからでしょ……」

ニアが恥ずかしそうな声で答える。

ライムはすぐには答えず、きょとんとするような間があった。

「好きな人に触ってもらうと、気持ちよくなるの？」

「アタシは経験ないからわからないけど……、普通はそうだと思うわよ……」

「ふーん。そうなんだ……。ということは、わたしがカインさんを大好きだから、カインさんに触ってもらうと気持ちよくなるってこと？　それってなんだかとっても幸せなことだね。えへへ……」

見なくてもライムの顔が想像できるような、うれしそうな声だった。

聞いてるこっちまで恥ずかしくなってくる。

「………あの、アンタたちはやっぱりその、そういうことは、毎日してるの……？」

「そういうことってなに？」

「……ッ!?」

ライムの純粋な疑問に、ニアが息を詰まらせた。

「そっ、それは、その……、気持ちよくさせてもらったりとか、してあげたりとか………、とにかくそういうことよっ！」

　それでもなんとかたどたどしく答える。

　真っ赤な顔が想像できそうなくらいの、消え入りそうな声だった。

　ニアの精一杯の質問に、ライムがのんびりと答える。

「うーん、毎日じゃないかなあ。カインさんが疲れてるときもあるし、一緒に寝てくれないときもあるし。今日もしてくれなかったから、ちょっと寂しかったんだ」

「そう、毎日じゃないのね……。アンタたちみたいに仲が良くてもそういうものなんだ……」

「ニアちゃんもしたい？」

「したいわけないでしょ！　……あ、いや、興味はないわけじゃないけど、したいかとか聞かれると答えに困るっていうか……。その聞き方だと、まるでアンタたちとしたいみたいに聞こえるから、その……」

「わたしはニアちゃんと一緒に寝たいけどなあ」

「なななななにいってるのよアンタ!?」

　いったい何の話をしてるのかすごく興味があるというか、今すぐにライムの口を止めたかったけど、僕が入るとよけいにややこしくなりそうだったので黙っていることにした。

　色々な誤解についてはもうあきらめたよ。

　僕は上半身だけ裸になると、泉に浸した布で体を拭いていた。

こうするだけでもひんやりとして気持ちいい。

ライムみたいに裸で泉に飛び込んだら、それはとても気持ちいいだろうな。

はしゃぎたくなる気持ちもわかる。

「ニアちゃんがわたしのこと好きか確かめてみようっと。ここだっ、えいえい！」

「ちょ、ほんとにそこは……ひあっ!?　らめ、らめらっていってるのにぃ……！」

「あっ、気持ちいい？　てことはわたしのこと好きなんだね！」

「そんなわけないでしょ！」

「えー、ほんとに？　でもここととか触ると……」

「ひゃあああんっ!?」

今も背後からはライムとニアの歓声が聞こえる。

まあ、楽しんでるのはライムだけで、ニアはどちらかというと巻き込まれてるといった方が正しいかもしれないけど……。

でも、楽しいことを素直に楽しいと思えるのはライムのいいところだよね。うん。そういうことにしておこう。

「このっ……いつまでもやられっぱなしでいるとは思わないでよ！」

「ふわあぁんっ!!　そんなところさわっていいのはカインさんだけだよぉ……」

「ちょっとあんまりヘンな声出さないでよ！」

……本当になにやってるんだろう。

いや、想像はよくない。

煩悩を打ち払うように、冷たい水を頭からかぶった。

遠い国にはこうやって精神を鍛える修行があるって聞いたけど、確かに効果がありそうだ。

なんて思っていたら、後ろで騒いでいた二人の声が急に近くなった。

「やっぱりカインさんも一緒に遊びましょうよー」

「ちょっと、アタシまで引っ張らないでよ！」

「ニアちゃんと三人で遊んだ方がきっと楽しいよ」

「わかったから！　そんな強く引っ張られると足が……うわあっ！」

悲鳴と共になにかが僕の背中にぶつかってきた。しかもお互い裸だから肌が密着する形になってしまう。

もちろんライムはそんなこと気にしなかったけど。

「わたしも、えーいっ！」

後ろから勢いよく抱きついてきた。

背中に二人分の体重がのしかかってきたものだから、僕ではとても支えきれなかった。

三人もみくちゃになって泉の中に倒れ込む。

「ずぶぬれですー！　あはははははーっ！」

無邪気に笑い声を上げるライムと。

「……――っっっ!?!?」

「…………えっと、ごめん」

ライムと同じように全身裸のまま、なにが起こったのかわからずに僕の真下で顔を真っ赤にさせているニアがいた。


「あーっ、いっぱい遊んですっごい楽しかったです！　ね、カインさん！」

遊び尽くしてすっきり爽快のライム。

夏の太陽みたいに笑顔を輝かせていたけど、僕とニアは気まずく顔を逸らしていた。

ニアの裸を見てしまっただけじゃなく、そのまま押し倒す形になってしまったんだから。

「……あの、ごめん。怒ってるよね」

幼い瞳が僕をギロリとにらみつけた。

うん、これはどう見ても怒ってるね。

ニアは小さくため息をついた。

「……怒ってないわよ。アンタのせいじゃないし。悪いのは……」

鋭い瞳がライムへと向けられる。

当の本人はきょとんとしてその視線を受け止めていた。

たぶんニアが怒ってる理由がわからないんだろう。

ライムは今こそ女の子の姿をしてるけど、その正体はレアモンスターのゴールデンスライムだ。

あらゆるものに姿を変えられる力を使って、今は人間の姿になっている。

だから普通の人とは感覚が少し違うんだ。

それだけじゃなくて、服とかも全部ライムが姿を変えて作っているものだ。

「服を着た女の子の姿」に変身してるって感じかな。

見た目は服を着ているけど、ライムからすると常に裸でいるのと変わらないみたいなんだよね。

そのせいもあってか、裸を見たり見られたりすることに対して、恥ずかしいと思ったりしないみたいなんだ。

だからニアに怒られる理由もわからないんだと思う。にらまれても全然気にしないどころか、むしろ見つめられたのがうれしかったのかニコリと笑顔まで返していた。

さすがのニアもこれには毒気を抜かれたみたいだ。

「なんなのよアンタはもう……。まあ終わったことはもういいわ」

結局ニアの方から視線を逸らした。

ライムの笑顔を見てるとなぜだか怒る気も失せちゃうんだよね。

わかるわかる。

「アンタもなにニヤニヤしてるのよ」

「あっ、ごめん。そういうつもりじゃなくて」

「ふん、まあいいわ。なんにせよ泉のおかげで全身の汚れは清められたからね。さっさとユニコーンを探しに行きましょ」

「ニアは姿を消せるスキルがあるんだよね？」

「そうよ。そのおかげで、前回はたったの一ヶ月で見つけられたんだから。そんなアタシと一緒に探せる幸運に感謝しなさい」

「そうなんだ。僕は三日だったけど、きっと運が良かったんだね」

僕が言うとニアが驚いた。

「三日ですって!?　半年探したって見つからない人もいるのに……。アンタそれ相当運がいいわよ」

「確かにそうかも。一角獣のいそうなところをいくつか見当を付けてたんだけど、一回目で出会えたからね」

「ユニコーンの生息域を特定できるだけでも十分すごいんだけど……」

「モンスターの生態を調べるのは僕の趣味でもあるから。どんなモンスターでもご飯を食べるし、寝る場所だって必要だ。その二つは近い方がいいだろうし、天敵を見つけやすい場所や、逃げるのに都合がいい場所だってある。そういうのを色々考えてたら、何となくこの辺かなってところがいくつか見つかったんだ。この泉だってそうやって探した場所のひとつだし」

「……ユニコーンの生態については未だ研究中で、専門家でも生息域については意見が割れてるのに……。アンタ、やっぱりすごいんじゃないの？」

「あはは。ほめてくれるのはうれしいけど、僕なんて全然大したことないよ。いつも周りの人に助けてもらってばかりだし。前回も一回で見つかったのは運が良かっただけだと思うよ」

「まあ今回もこのアタシと出会えたんだし、運がいいのは間違いないわね。アンタの運にアタシの実力が加われば、三日以内に見つけるのも不可能じゃないわ。アンタの記録はアタシが塗り替えてあげるからね！」

「そうだね。頼りにしてるよ」

「アタシは期待されるほど伸びるタイプだから。たくさん頼りにするといいわ！」

そう言ってもらえるのはとても助かる。

僕自身にはほとんどなんの力もないからね。

一人じゃなにもできない。こうやって頼りになる仲間がいることはとても心強いことだ。

ニアが得意顔で胸を張っているあいだ、ライムは木々の向こうをじいっと見つめていた。

「どうしたのライム」

いつも元気なライムがこうしてじっとしてるのは珍しい。

気になって声をかけると、僕を振り返ってたずねてきた。

「たしか一角獣って、カインさんが私を助けるときに使ってくれた薬に使っていたんですよね？」

「うん、そうだよ」

答えると、ニコッと笑顔を浮かべた。

「じゃあ見つけました」

いきなりそんなことを言い出した。

「は？　ユニコーンを見つけた？　もう？　っていうか、なんでわかるのよ？」

ニアが混乱したように矢継ぎ早に質問を重ねる。

ライムが笑顔で答えた。

「カインさんがわたしを助けるときに使ってくれた薬のおかげで、そのときの匂いがわかるんだよ」

「ユニコーンの匂い……？」

ニアが周囲の匂いをかいでみるけど、当然なにもわからなかったらしい。

「全然わからないんだけど」

「人間はあんまり鼻がよくないから、わたしもこの姿だとあんまりわからないけど、でも近くにいるのはまちがいないよ」

「本当なんでしょうね？」

疑うニアだったけど、ライムは笑みのままだった。

「本当だよ。こっちこっち！」

ライムに先導されて森の中へと分け入っていく。

それから五分としないうちに美しい姿が見えてきた。

ニアの息を呑む音が聞こえてくる。

「嘘でしょ……。本当にいるなんて……」

真っ白で優美な体軀と、一流の彫刻のように完成された螺旋状《らせんじょう》の角。

一度目にすれば決して忘れることのできない美しいモンスター。

一角獣が僕たちの目の前にいた。

本来は人を避けて移動するから、僕たちがいるあいだは泉には来ないと思ってたんだけど、けっこう近くにまで来ていたみたいだ。

「……と、とにかく、バレないように近づくわよ」

気を取り直したニアが草むらに隠れる。

けど、一角獣は小さくいななくと、駆け足で僕たちの方に近づいてきた。

「やばっ!?　もしかしてバレてる!?」

ニアが草むらから飛び出すと、腰の短剣を構えて臨戦態勢になった。

一角獣は大人しいモンスターだけど、戦闘となればS級モンスターにふさわしい強さを発揮する。

ニアの警戒はそれを想定したものだと思う。

だけど。

「ああ、この前の子だったんだね」

僕は駆け寄ってくる一角獣へと近づいた。

「ちょっとアンタ!?」

ニアの声が悲鳴のように響く。

けど心配する必要はない。

僕が近づくと一角獣も足を止めた。手を伸ばすと一角獣も頭を下げて、角で僕の手に軽くふれてくる。

彼らなりの挨拶みたいだ。

「心配しなくても大丈夫だよ。この子は以前に僕が会った一角獣と同じ子みたいだから。僕のことを覚えてたみたいだね」

ニアを振り返ると、驚愕の表情で僕を見ていた。

「一角獣が人に懐《なつ》くなんて、そんなの聞いたことないわ……。人には絶対に気を許さないって……」

ニアがものすごく驚いている。

でも僕にとってはそんなに驚くようなことじゃなかった。

「一角獣が人間に懐かないなんてことないよ。昔から一角獣が勇者を癒す伝説は残っているし、純潔の乙女には気を許すなんてことも言われてる。本当に人間すべてを敵と思っているのなら、そんな伝説ができるわけないんだ。きっとその伝説ができたころには、一角獣と人間は仲が良かったと思うんだよね。

それにこの子たちだって一人で生きてるわけじゃない。家族だっているし、きっと友達だっている。僕たちは仲間だって伝えれば、ちゃんと仲良くなれるよ」

そんな僕の言葉を、ニアは呆然と聞いていた。

一角獣がうれしそうに鼻先をこすりつけてくる。

「ははは。くすぐったいよ」

そういえば一角獣は話ができるってライムが言ってたっけ。

ひょっとしたら僕の言葉もわかるのかな。

「久しぶりだね。会えてうれしいよ」

試しに話しかけると、一角獣がいなないた。

さすがにその意味は分からなかったけど、なんとなくうれしそうなのは伝わってくる。

「……むむー！」

ライムが急に不機嫌そうな顔つきになった。

「カインさんの浮気者ー!!」

「ええっ!?」

なんで僕怒られたんだろう。

なぜかライムはじゃれてくる一角獣を敵視していたけど、ニアは呆然と立ち尽くしたままだった。

「人とユニコーンが意思の疎通を行うなんて……。確かに伝説にはそういうこともあったって言われてるけど、そんなのは何百年も昔の話よ。人とユニコーンが敵対してしまった今となってはあり得ない。もしもそんなことができるのだとしたら、それはもうSS級かそれ以上の……」

そうつぶやいてから、ハッとしたように顔色を変える。

「SS級の実力を持つ、レベル1の冒険者……。そんな人なんて、きっと世界で一人しか……」

ニアはとても驚いていたみたいだけど、そんなに不思議なことじゃないと思うんだけどな。

「ケンカした人とも話せば仲直りできるのは人間でも同じだよ。僕もよくセーラに怒られていたけど、謝ればちゃんと最後には許してくれるし。それと同じだと思うけどなあ」

「ユニコーンとあんたの痴話喧嘩を一緒にしないでよ……。ていうかセーラって誰よ。ライムっていうかわいい彼女がいるくせに、別の女にまで手を出してるってわけ？　最低じゃない。死ねばいいのに」

えっ、なんで僕ニアにまで怒られているの。

なんだか納得がいかなかったけど、まずは本来の目的をすませることにした。

「悪いんだけど、また少し角を削らせてもらってもいいかな」

お願いすると、一角獣が再び頭を下げる。ちょうど角が僕の目の前に来る位置になった。

やっぱり僕の言葉がわかるみたいだね。

螺旋状の角は近くで見るととても美しい。

観賞用として人気があると言われるのもわかるかな。

前回削らせてもらったところを見ると、傷はもうふさがっていた。治癒力は相当高いみたいだね。

ナイフを当てて削るように動かす。

今回の依頼は一人分だからそんなに量もいらない。

だいたいこれくらいかな、というところで止めることにした。

「うん。ありがとう」

お礼を言うと一角獣が小さく鳴いた。

「それじゃあ次はニアの番だね」

「え、アタシもいいの？」

「もちろんだよ。ここまで手伝ってもらったんだし」

「アタシはなにもしてない気がするけど……」

そう言いながら一角獣に近づく。

ニアが手を伸ばすと、一角獣はふいっと首を背けてしまった。

「うっ、やっぱりアタシじゃダメなのね……」

「ニアにも分けてあげてくれないかな。少しだけでいいからさ」

一角獣が僕をじっと見つめた後、再びこっちを向いて、ニアに向けて角を差し出した。その様子をニアが驚きの目で見つめていた。

「本当にアンタの言うことなら聞くのね……。ユニコーンが人間の言葉を理解してるってだけでも驚きなのに……」

ニアが恐る恐る角に手を伸ばす。

その表面を優しい手つきでなでた。

「本当にキレイな角……」

「角を見るのは初めてなの？」

「こんなに近くでゆっくりと見るのは初めてよ。いつもは姿を消した状態で角を削り、気づかれる前にすぐに離れてたから」

確かに警戒心の強い一角獣はすぐに逃げちゃうからね。

ゆっくりと見る時間はないかもしれない。

ニアが目を細めて一角獣の角をなでている。その表情がしだいに曇りはじめた。

「でも、この美しさのせいで人間に狙われるようになったってのは皮肉な話よね」

「そうだね……。昔はたくさんいたらしいけど」

一角獣が乱獲されたのは万能薬としての力だけじゃない。

その美しさから観賞用としての人気も高いんだ。

ニアはその後もしばらく一角獣の角をなでていた。

一角獣の角を手に入れた後は、泉に戻ってさっそく調合することにした。素材の鮮度が高いほど薬の効果も高くなるからね。それに調合自体は簡単だからすぐに終わるし。

僕たちが移動すると一角獣もついてきた。どうやら懐いてくれたみたいだ。

ライムはなんだか不機嫌だったけど、僕が調合の準備をはじめると、興味深そうに近づいてきた。

「こうやってわたしを助けてくれた薬を作ってくれてたんですね」

「そうだね。材料さえあればすぐに作れるんだよ」

「わたしでも作れますか？」

「もちろんだよ。やってみる？」

「はい！」

元気一杯の返事が響く。

材料をライムに渡し、作り方を教える。といっても難しいことなんてなにもないんだけどね。

削った角をすり鉢で粉末状にすると、持ってきたいくつかの材料と合わせて水に溶かす。後はよく混ぜてしばらく置いておくだけだ。

そうすると、やがて水の色が変わりはじめた。

「あっ、できてきました！」

ライムが声を上げる。

透き通った水が徐々に青みを帯びていき、やがて輝くような純白の色に変わった。

「すごい、とってもキレイです」

感嘆の声をもらす。

初めて見るとびっくりするよね。

僕も初めて作ったときは、こんなにキレイになるだなんて思わなくて驚いたよ。

でもニアはもう何度も作ってるから見慣れてるだろうけど。

と思ったら、ライムが作るところを見守っていたニアも驚いていた。

「どういうこと……。ユニコーンの万能薬って青色でしょ？　それがなんで白に変わるわけ……？」

そう言われて僕も驚いてしまう。

「えっ、一角獣の万能薬って白なんじゃないの？　僕が作るときはいつもこの色だけど……」

「そんなはずないわ。アタシが作るのはいつも青色だし、市場で出回ってる物も同じよ。こんな純白の薬なんて見たことも聞いたこともないわ」

「もしかして、わたしがなにか間違っちゃいましたか？」

ライムが不安そうな表情を浮かべる。

すぐにニアが安心させるように首を振った。

「そばで見てたけどそれは平気よ。手順は完璧だった。ちょっとそれ見せてくれないかしら」

ニアに作ったばかりの万能薬を渡す。

受け取ったニアは冒険者カードを取り出すと、鑑定のスキルを使用した。

これさえあればどこでもアイテムの鑑定ができるようになる便利なスキルだ。

とても便利だから僕も使えるようになりたいんだけど、B級以上の冒険者にだけ与えられる特別スキルなんだよね。

なんでもまだ試験段階だから、一部の人にしか開放してないんだって。

だから僕には使えないんだ。

しばらくしてニアのカードに鑑定の結果が表示された。

内容を見たニアが息を呑む。

「なにこれ……。魔力量が桁違いすぎる……。こんなの、見たことないわ……」

声が小刻みに震えている。

「こんなのはもう万能薬じゃないわ……。使い方によっては死者蘇生すらできる幻の霊薬よ」

驚くニアに、ライムが喜びを爆発させる。

「わたしの傷も治してくれましたし、やっぱりカインさんはすごいんですね！」

ライムは無邪気に喜んでいるけど、僕にはニアの言うことが信じられなかった。

僕なんかにそんな凄い薬が作れるなんて思えない。

それに死者蘇生だなんて言ったら、人生のすべてを信仰に捧げた高位の司祭のみが使えるという伝説のスキル。

そもそも生死を操ること自体ほとんど神様の領域だ。

そんな簡単にできるわけないよ。

ニアがはっとしたように表情を変える。

「神の領域……。そうか、それだわ！　そもそもユニコーンは神話の時代から生きると言われてるモンスター。その角から作られる薬が神話級の効果を持っていても不思議じゃない。しかもウンディーネの加護を得た水も使用したから、保有されている魔力量が桁違いなんだわ。もしも神話の時代に神々が薬を作ったとしたのなら、きっと同じ材料を使い、同じ手順になったはず。これが神々が使用したとされる霊薬エリクサーの正体だったのね」

エリクサーといえば神々の秘薬ともいわれる伝説のアイテム。人によってはそんなもの存在するはずがないと思ってるくらいなんだ。

「そんなすごいものを僕なんかが作れるわけがないよ」

「……確かに実際のエリクサーを見たことがあるわけじゃないから何とも言えないけど。でも、こんなものが出回ったら必ず騒ぎになるはずよ。作るのは初めてじゃないんでしょう？　以前に作った分はどうしたのよ」

「前回作った分はライムに使って、その前は腰痛に効く薬が欲しいという人がいたからその人に届けてもらったよ」

「は？　腰痛？」

ニアが目を丸くする。

「セーラからクエストを受けたから実際に依頼人に会ったわけじゃないけど、いつも腰痛に悩んでる人がいるから何かいい薬がないかって言われてね。それで一角獣の万能薬を渡したんだ」

「……それで、その人は今どうしてるの？」

「セーラからの話だと、腰の痛みも取れてとても喜んでるって言ってたよ」

「幻の霊薬を……腰痛のために……」

ニアが驚きを通り越して絶句していた。

だけど復活すると、なにかを振り払うように軽く首を振った。

「いえ、そのほうがいいんでしょうね。一般に知られたら大変なことになるもの」

「ニアも万能薬がいるんでしょ。一緒に作ろうか？」

ニアは静かに首を振った。

「……いえ、アタシは遠慮しておくわ。こんなすごいものを王都に持っていったら間違いなく大騒ぎになる。そうなれば、またユニコーンの乱獲がはじまっちゃうわ。そんなのは許せないもの」

そう言って削った角を荷物の中にしまった。

「これは持ち帰って、井戸の水でも使って作るわ。そうすればちょっと性能のいい万能薬くらいになると思うから」

「ありがとうニア」

「なんでアンタがお礼を言うのよ」

「一角獣たちの代わりにと思って」

一角獣も優しくいなないた。
その意味は分からないけど、きっと僕たちの想像通りのはずだよね。
僕たちのあいだにあたたかな空気が流れる。
そんな雰囲気を、けたたましい爆発音が切り裂いた。

白馬の王子様

爆発音は辺り一帯に響きわたっていた。

かなり大きな爆発だ。ただ事じゃないのは間違いない。

「急ごう！」

音のした方に向けて僕たちは走った。そのすぐ横を一角獣が併走する。

「もしかして、乗せてくれるの？」

聞いてみると、走りながらいなないた。

どうやら乗せてくれるみたいだ。

一角獣の背に飛び乗ると、となりを走るニアに向けて手を伸ばした。

「ニアも、ほら！」

「え、でも……」

「いいから早く！」

小さな手を取って後ろに引っ張り上げる。

ニアが後ろに乗ると、一角獣がスピードを上げて走り出した。

ものすごい速さだ。しっかりと摑まっていないと振り落とされてしまう。

たてがみをしっかりとつかむと、ニアが僕の体に腕を回してぎゅっと力強くしがみついてきた。

高速で駆けているせいで、耳元で風がなっている。そのせいで周囲の音もよく聞き取れない。

背中越しにニアが小さくなにかをつぶやいた。

「ユニコーン……白馬の王子様……」

「なにか言った!?」

「……ッ！　な、なんでもないわよ！」

なにを言ったのか聞き取れなかったけど、とにかく落ちないようにしっかりしがみついてるからその点は安心だね。

僕とニアが一角獣の背に乗ってるあいだ、ライムは僕たちの先を一人で走っていた。

どうやら一角獣よりも速く走れるみたいだ。

するとライムが急に振り返った。

「……むうー！」

僕と一角獣を見比べて不満げな表情になる。

なんだろう、僕が一角獣の背に乗ってるのが気に入らないのかな。

それとも自分も乗りたかったのかな？

「ライムも乗る？」

「そんな泥棒猫の背中になんか乗りません！」

断られてしまった。

一角獣は馬だけど……。

それにしても泥棒猫なんて言葉どこで覚えてきたんだろう。

たまにライムはヘンな言葉を覚えてくるんだよね。

ちなみに僕がライムに手を伸ばしたとき、一角獣も激しく身震いして拒否の反応を示していた。

僕とニアはいいのに、ライムだけはダメみたい。

前にライムから聞いた話だと、一角獣たちとは情報交換するくらいに仲が良いって話だったんだけど。なぜかライムたちだけは嫌いあってるみたいだ。

しばらく走るうちに、誰かの怒鳴り声のようなものが聞こえはじめた。

どうやら目的の場所にやって来たみたいだ。

山の主に守られたこの地域で、目的の場所にまっすぐ到着できるのはすごい。

このあたりの山一帯には、山の主によって迷いの魔力がこめられている。どんなにまっすぐ歩いても、気がつくと真後ろに逆戻りしてることもあるくらい強力な魔力なんだ。

その魔力に捕らわれたら抜け出すのは簡単じゃない。

だけどさすがに一角獣だと迷うこともなくたどり着けるみたいだった。

やがて立ち昇る黒煙が見えてくる。

煙の発生源と思われる場所に到着してみると、そこには休憩小屋で出会った六人組のハンターたちがいて、大きな熊や狼といった森のモンスターたちに囲まれていた。

「こんなに大量のモンスター、いったいどこから!?」

ニアが驚く。

確かにこのあたりは比較的静かなところで、モンスターに出会ってもいきなり襲われるようなことにはならない。

だけどハンターたちは、かなりの数のモンスターに囲まれていた。

到着した僕らを見て向こうも驚く。

「ユニコーンに乗ってきただと!? なにをしたらそんなことが……っ!」

急いでいたせいで忘れてたけど、確かに驚くのも無理はない登場の仕方だったかも。

僕だって、もしライムが一角獣に乗ってやってきたらすごい驚くと思うし。

でも今はそんな状況じゃない。

「いったいなにがあったんですか!?」

地面に降りてたずねると同時に、一角獣が激しくいないないて元来た道を引き返して行った。

同時にライムが地面にひざを突く。

「カイン、さん……っ」

「ライム!? どうしたの!」

慌てて駆け寄る。

ライムは息が荒くなり、体も異常なくらい熱くなっていた。

さっきまで元気に走っていたのに、急にこんなになるなんて絶対おかしい。

そのとき僕は、周囲に漂うかすかな匂いに気がついた。

思わずハンターたちを振り返る。

さっきの爆発音と、我を忘れたモンスターに囲まれる彼ら。

瞬時に状況を理解した。

「まさか、毒ガスを使ったの!?」

ハンターたちのリーダーが、開き直ったような笑みを浮かべる。

「ほう、よく気がついたな。こいつで辺りのモンスターを全滅させれば、ユニコーンをいちいち探す必要もないからな」

撒かれている毒ガスは、モンスターにはよく効くけど人間には効果が薄いタイプだ。

だけど僕が知ってるものだと、このタイプの毒ガスは人間にも痺れが出るはずだった。

でもハンターたちに影響が出ている様子はない。きっと自分たち用に改良したんだろう。それだけ扱い慣れてるってことだ。きっと使うのも……初めてじゃない。

ハンターたちの一人が、倒れたライムに目を向けた。

「基本的に人間には無害なはずなんだがな。この程度で倒れちまうほど弱いなら、さっさと帰ったほうが身のためだぞ」

「アンタら、自分たちがなにしたのかわかってないわけ!?」

ニアが怒鳴り声をあげる。

そもそもライムは人間に擬態したモンスターだ。

だから効果が現れたんだろう。

ニアはそんなこと知らないから、純粋にライムのために怒ってくれたことになる。

ライムがかすれた声で僕につぶやく。

「カインさん、ごめんなさい……。毒には強いはずなんですけど、今は人間の姿なので、やっぱりちょっと抵抗力が落ちてるみたいです……」

「大丈夫、このくらいなら心配いらないよ。すぐに治してあげる」

僕はすぐに荷物から材料を取り出して即席の解毒剤を調合しはじめた。

「やめとけ。それは俺たちの特別製だ。通常の毒消しじゃ効果はねえぞ」

ハンターの一人がそう言ったけど、僕は気にせずにライムの様子を調べていく。

流通している毒ガスなら僕もクラインの店で見せてもらったことはある。だから成分については知っていた。

ハンターたちが使ったガスは通常のものとは違うみたいだ。それはかすかな匂いからでもわかる。

独自に配合して効果を変えたんだろう。

人間への効果をなくし、モンスターにだけ効くようにする方法は限られる。

それに目の前のライムの症状を見れば、どういう調合をしたのか逆算するのは簡単だった。

「できたよライム。さあ、これを飲んで」

作成した即席の解毒剤を飲ませる。

飲み込んだライムが急に顔をしかめた。

「あぅ～、にがいですぅ～……」

「ああごめん、味にまでは気が回らなかったよ」

「でも、ちょっと楽になってきた気がします」

だいぶ顔色のよくなったライムが小さくほほえむ。

よかった。効果があったみたいだ。

「バカな、この短時間で成分を解析し、解毒薬まで作ったというのか……？」

ハンターたちが驚いている。

僕はずっと素材採取やアイテム調合のクエストばっかりやってたからね。

こういうのは得意なんだ。

驚くハンターたちに、ニアが鋭い視線を向ける。

「アンタたち、いつもこんなことしてるわけ？」

怒気をはらんだ声でたずねる。

モンスター退治のクエスト自体は、冒険者協会からも依頼が来るような立派な仕事だ。

でも毒ガスを使うような無差別なやり方は禁止されている。それは危険だし、必要以上の被害を周囲に与えてしまうからね。

だから違反すれば冒険者カードを剥奪され、二度と仕事を受けられなくなる。それくらい危険な行為なんだ。

囲んでいたモンスターはすでに半分ほどにまで減っていた。毒ガスで弱っていたせいもあって、だいぶ倒したみたいだ。そのせいもあってか、この期に及んでも反省の態度は見られなかった。

「いちいちモンスターを探して回るなんて効率が悪いだろ。こいつでまとめて殺してから、改めて死体を漁るほうがはるかに効率がいい」

「それでモンスターの反撃にあって囲まれたってわけね。三流どころか四流以下ってことじゃない」

「だが結果的にはこうして生き延びている。これでも俺たちはプロハンターだ。この程度くらい今までに何度も切り抜けてきた。今回だってなにも問題ねえ」

「いや、できるだけ早くここを離れたほうがいいよ」

僕がそう言うと、ハンターたちだけでなくニアもそろってこちらを見た。

「それどういう意味？」

「モンスターたちにならいくら囲まれても平気かもしれない。でも、これだけ騒ぎになれば必ず山の主に気づかれる。これだけの広大な山を守るほどの強大な存在だ。敵とみなされたら無事には済まないよ」

「へっ、なにが主だよ。しょせんはモンスターだろうが。それならいくら出てきたところで……」

ハンターたちの言葉がそこで途切れた。

大地が震動し、遠くから地鳴りが響いてくる。

あんなに怒っていたモンスターたちでさえ怯えたように後ずさり、森の奥へと逃げて行った。

明らかにただ事じゃない。

「なに、これ……何かが近づいてきてる……？」

ニアが周囲を見回す。

身構える僕たちを囲むように濃密な霧が立ち込めはじめた。いつのまにか周囲の木々は見えなくなっている。地形すら歪めるほどの強大な力を持っている証だ。

霧に囲まれなにも見えない中で、地響きの音だけが大きくなっていく。

軽口を叩いていたハンターたちも、いつしか無言になっていた。誰かの喉を鳴らす音が聞こえた気がする。

やがて霧の奥に巨大な影が見えた。僕たちの三倍以上はありそうなくらい大きい。

それは地面を揺らしながら近づくと、霧の壁を突き破って姿を現した。

「ブオオオオオオオオオオオオオオオオオオオオオオオオオオオッ!!」

巨大な猪が吠える。

言葉なんかわからなくても本能で理解できる、怒りの咆哮だった。

「この魔力……山の主か!」

「まさか本当に来るとはな! しかたねえ、殺せ!」

ハンターたちが弓や銃で攻撃を開始した。

だけど分厚い皮を貫通することはできなかったみたいだ。

矢はわずかに傷をつけただけで跳ね返され、銃弾は弾の半分だけめり込んだところで止まった。

かろうじて血が一筋流れたけど、それだけだ。

むしろ逆に主の怒りを増幅させてしまった。

頭を低く下げ、後ろ足で土を蹴る。次の瞬間には猛烈な勢いで突進していった。

ハンターたちが一斉に散開する。

さすがに慣れた素早い動きだったけど、それでもかわしきれなかった二人が猪の突進を受けて霧の奥へと弾き飛ばされた。

その隙に一人が背中に飛び乗り、剣を逆手に構えて振り上げる。

「これでもくらえ!」

根元まで深々と突き立てる。

けど、それだけだった。

主がギロリと背中をにらみ上げると、大きく身震いした。

背中のハンターがふるい落とされる。

そこを狙いすますように後ろ脚が蹴り上げられた。

「ぐはっ！」

直撃を受けたハンターが空高くへと吹き飛ばされる。

たった一度の攻防で、六人いたハンターたちのうち三人が戦闘不能となってしまった。

「……ちっ、この化け物が……！」

「リーダー、マズいぞ！　こりゃあS級かそれ以上だ！」

「んなこたわかってるよ！　ここは一度撤退する！」

ハンターたちが逃げようとするが、興奮した巨大猪はすぐに反応した。

荒い鼻息を吐きながら残ったハンターたちのほうへと向き直る。

逃げようとしていたハンターたちが足を止めた。

「くそっ！　どうするんだ、このままじゃ逃げることもできねえぞ！」

「そんなの、こうするに決まってるだろ！」

リーダーが振り落とされたハンターの剣を拾う。

さっき背中に根元まで突き刺した剣だ。

自分の血が付いた剣を見て、大猪が興奮したように咆哮を上げる。

頭を下げて再び突撃の構えを取った。

それと同時に……。

「ほらよ、てめえの相手はあっちだ！」

血の付いた剣をニアのいる方へと放り投げた。

「……は？」

成り行きを見守っていたニアが呆けた声を上げる。

巨大猪の意識がそちらに移ると、そのまま地面を蹴りつけて突撃してきた。

「俺らの代わりにそいつを倒してくれよ、一流冒険者様ならもちろん勝てるだろ！」

ターゲットをニアに擦り付けたハンターたちが、笑い声をあげながら逃げていく。

許される行為じゃなかったけど、それをとがめる余裕はなかった。

小柄なニアに向けて三倍以上もある巨大な猪が迫っていく。

いきなりターゲットが移ったせいで、今更よけられるタイミングじゃなかった。かといって、ニアが受け止められるような体格差でもない。

それでもニアは一歩も引かなかった。

唇を強く引き結び、無言で腰の短剣を引き抜く。

その態度を前にして猪も足を止めた。

今は怒りで我を忘れているけど、本来の山の主は、滅多に姿を見せることのない警戒心が強い生き物だ。

一歩も引かないニアを敵とみなして、警戒したんだろう。

鼻息を荒くし、後ろ足で激しく地面を蹴りたてる。威嚇するように巨大な咆哮を轟かせた。

大地が震えるほどの爆音。もしかしたら山全体が主の怒りに呼応してるのかもしれない。

開いた口には拳大もある凶悪な牙が幾本も並んでいる。あんな口にかみつかれたらそれだけで小さな体は粉々に砕かれるだろう。

死を目前にしてニアの足が恐怖に震え、両の目に光がにじむ。

それでも泣き言ひとつ言わずに目の前の敵をにらみつけた。

「く、来るなら来なさいよこのやろう！」

小さな短剣を両手で握りしめ、精一杯の強がりを叫ぶ。

山の主も再度吠えた。

頭を下げ、後ろ足で地面を蹴り、猛烈な速度で突進する。

その勢いはまるで一本の巨大な矢のようで、通過した地面を引き裂きながらニアの体を直撃した。

ドン！

という音が響き、大猪の巨体が押し戻されてよろめく。

風圧にあおられて金色の髪がふわりと舞い上がった。

「アンタ、どうして……」

驚いた声を上げるニアだったけど、ライムもまた不思議そうに、主の突進を止めた自分の手を見下ろしていた。

「……どうしてだろう。ニアちゃんが危ないって思ったら、勝手に体が動いてたんだ」

「いいんだよライム。それが普通なんだ」

二人の元に追いついた僕は、呆然としているライムに向けて声をかける。

「困ってる人を助けたいと思うことに、きっと理由なんかないんだ。それが普通の人間なんだよ」

「そうなんですか」

ライムはまだよくわかってないみたいだった。

弱肉強食の世界では、弱い者を助けるなんてしないだろうからね。

だからこそライムが自らニアを助けてくれたことが本当にうれしかったんだ。

「て、いうか！　アンタらなにのほほんとしてるのよ！」

ニアが後ろで叫び声をあげた。

「主の突進を受け止めたのはすごいけど！　なんで二人ともアタシのところに来てるのよ！」

「なんでって、もちろんニアを助けるためだけど」

「勝手に体が動いたからなんでかはわからないよ」

当然のように言う僕らに、ニアが目を丸くする。

「なんなのよアンタら……頭おかしいんじゃないの……普通はアタシを囮《おとり》にして逃げる場面でしょ！　全員ここに集まってやられたら全滅じゃない！」

「あ、そう言われれば確かにそうだね。気がつかなかったよ」

「気がつかなかったって……」

ニアが口をパクパクと動かす。

「でも、ニアを犠牲にして逃げるなんて、そんなことできるわけないよ」

ニアの顔が赤く染まる。

「ば、バッカじゃないの！　なにカッコつけてるのよ！　それで自分まで危険になったら意味ないじゃない！　だいたいアタシたちは会ったばかりの他人でしょう！　なのに、なのにどうして……」

気丈にこらえていたニアの瞳から涙があふれた。

「どうして、アタシなんかを助けに来てくれたのよ……」

「ニアならどんな相手でも必ず逃げずに立ち向かうって思ったからだよ」

「え……？」

「山の主は警戒心が強いからね。ニアが勇気を出して前に出れば、主も止まると思ったんだ。だからこうしてライムが助けに入る時間もできたし、僕も来ることができた。ニアを助けられたのは、ニアが頑張ったからだよ」

「たったそれだけ……？　たったそれだけで、こんな危険なことを……？　……い、いえ、そういえばまだよ！　主を止めただけで倒したわけじゃ……」
そこでニアの言葉が途切れた。
僕が現れたときから主の動きが止まっていることに気がついたみたいだ。
やがて大猪が足をふらつかせると、地響きを立てて横向きに倒れた。
呆然とするニアに手を差し伸べる。
「よく頑張ったね。もう大丈夫だよ」

運命の出会い

アタシが初めてあの人に会ったのは、三年前のことだった。

出会ったと言っても逆光の中で影しか見えなかったから、顔は全然覚えていない。

当時のアタシはまだ冒険者として駆け出しで、早く一人前になりたかったから、二つもランクが上のクエストを受けたりしていた。

そのころからアタシは天才と言われていたし、自分でもその自覚があった。

多くのスキルに恵まれていたし、それを使いこなすことで格上の敵も難なく倒し、レベルもどんどん上がっていった。

だからアタシは強いと錯覚していたんだ。

いくら成長が早くても、しょせんはまだデビューしたての駆け出し冒険者。

レベル20程度で、レベル50を超えるS級モンスターに勝てるわけはなかった。

それでもアタシは善戦した。

ヘルハウンドと呼ばれる凶化した狼を後一歩のところまで追いつめ、三時間にも及ぶ死闘の末についにとどめを刺すことに成功した。

もちろんアタシも無傷じゃなかったけど。

それでも、レベル差が倍以上もあるような相手に勝つことができて、喜びとも安堵ともつかない気持ちでその場に倒れ込んだ。

やっぱりアタシは強い！　そう空に向かって叫びたい気持ちだった。


だから失念していたんだ。

狼は群れを作る生き物だということに。


慌てて飛び起きたときにはもう遅い。気がつくと数十匹のヘルハウンドに囲まれていた。

逃げようにも全身傷だらけで、ろくに走る体力も残っていない。

それに仲間を倒されたことでヘルハウンドたちも殺気立っていた。たとえ地の果てまでも追いかけてくるだろう。

アタシはここで死ぬんだ。

そのことを強く意識して足が震えた。

ヘルハウンドたちがジリジリと距離を詰めてくる。

どう考えても勝ち目なんてない。アイツらに貪られて終わるだろう。

それでも、死にたくない、その一心だけで剣を構えていた。

やがてヘルハウンドたちが一斉に襲いかかってきた。

迎え撃つことができたのは最初の一匹だけだった。

横から、後ろから、次々に襲いかかられてアタシは地面に押し倒された。

数十匹にもなる狼の群が一斉にアタシを見る。

モンスターたちは獲物を捕らえてもとどめを刺さずに、生きたまま体の柔らかいところから食べるという。

それがどれほどの苦痛なのか、考えただけで恐ろしかった。

歯の根が小刻みに音を鳴らしている。

そのときだった。

あの人の声が聞こえたのは。

「よく頑張ったね。もう大丈夫だよ」

そんな落ち着いた言葉と共に。

ヘルハウンドたちが次々と倒れていった。

いったいなにが起こったのかわからない。

ただ、アタシは助かった。そう思うと同時に気を失ってしまった。

次に気がついたときは診療所のベッドの上だった。

そこでアタシがとある冒険者に助けられたこと。

その冒険者の名前が「カイン」であることを知った。

手がかりはそれしかなかったけど、アタシはアタシを助けてくれた命の恩人を探しはじめた。

後でわかったことだけど、ヘルハウンドたちは全員眠らされていたらしい。

モンスターは倒すものだと思っていたアタシにとって、それは衝撃的なことだった。

下手をしたら自分の命だって危なかったのに、相手すら傷つけることなく助けるなんて、なんてすごい人なんだろうと思った。

あの人に追いつきたくて必死に真似をしている内に、いつのまにかSランク冒険者と呼ばれるようになっていた。

それでもあの人の影すら見つけられなかった。

なにしろ「カイン」という名前は多かったから、同じ名前の人はいくらでも見つかったんだ。

それに、アタシの記憶は逆光の中の影だけだったから、会っても本人かどうかを確かめる方法がなかった。

このまま一生会えないんじゃないか。

もしかしたらもう会っているのに、気づかなかったんじゃないか。

顔もわからないのだから、たとえ目の前に現れたってアタシにはわからないんじゃないか。

そう不安に苛まれたことも一度や二度じゃない。

それでもあきらめきれなくて、アタシは王国の辺境と呼ばれる場所にまで来た。

ここで会えなかったらもう二度と会えないかもしれない。

それくらいの覚悟と共に。

そして、今。

アタシに対して牙をむく巨大猪の前に、アイツは自分の危険も気にせずに飛び込んできた。

それだけで猪は息を止めたように倒れる。

なにが起こったのかわからないアタシを振り返ると、手を差し伸べてこう言ったんだ。


「よく頑張ったね。もう大丈夫だよ」


……ああ。

こんなのもう、間違えようがない。

アタシの心配なんて杞憂だった。

顔なんかわからなくても、うろ覚えな声しか記憶になくても、こんなことができる人なんて他にいるはずがないんだから。

探し続けていた運命の人は、思っていた通りに強くてカッコよくて……とても優しい人でした。

「山の主を一撃だと……!?　なにをしたというんだ！」

倒れた巨大猪を見て、ハンターたちがざわめいた。周囲を囲んでいた霧もいつの間にか消えて、元の森に戻っていた。

◇

「わからねえ……。なにも見えなかった……。攻撃したそぶりはひとつもなかったのに……」

「あいつはいったい何者なんだ……!?」

僕を見て驚いているけど、特別なことはなにもしてないんだよね。

「大したことじゃないよ。眠り薬を飲ませただけだから」

「眠り薬だと……？　そんなの、駆け出しの冒険者だって使わないようなゴミアイテムじゃねえか！　そんなものがS級モンスターに効くわけないだろう！」

確かに「眠り薬」は、最弱と呼ばれるミニゴブリンにすら効かないことがある。

冒険者協会は初心者用アイテムとしてオススメしてるけど、ほとんど効果がないと不評をかっているくらいだ。

それにS級モンスターなどの、いわゆる「ボスモンスター」には、眠りなどの状態異常はほとんど効かないと言われている。

だからほとんどの冒険者は試したこともないみたいなんだよね。

「でも、山の主だって生き物なんだから、眠らないはずがないよ。普通の眠り薬が効かないのは、市販品だから。どのモンスターにでも使えるよう量産化したら、どのモンスターにもいまいちな効き目しか発揮しないようになってしまったんだ。だから山の主用にあわせて好物の山菜や、寝床の藁《わら》と同じ種類の草を混ぜることで効きやすくさせたんだ」

「主の好物や、寝床の藁だと……？　人前に滅多に姿を現さないのに、そんなもの何で知ってる！」

「なんでって言われても。主はこの山に住んでいるんだから痕跡はいくらでもあるし、動物たちに聞けば教えてくれるでしょ？」

そう言うと、なぜかハンターたちはしんと静まり返ってしまった。

驚き固まった表情で僕のことを見つめている。

僕としては普通のことを言ったつもりなんだけど……。

そんなハンターたちの前にライムが現れた。瞳を激しくつり上げて、かなり怒っているみたいだ。

「な、なんだよ。先に毒を使ったのはこっちなんだ。そこにお前が突っ込んできて勝手に倒れたんだろう。それに、毒にやられたのはお前が弱いからだ。俺たちに非はねえぞ」

かなり勝手な言い分だったけど、ライムの怒りは別にあるみたいだった。

「そんなことはどうでもいいです。カインさんのおかげで回復しましたから」

「じゃあ、なんだよ。まさかモンスターたちがかわいそうとか言い出すつもりか？」

「それもありますが……。あなたたちのせいで、カインさんが危険な目にあいましたよね?」

僕も初めて見るくらい本気で怒っているみたいだ。

ハンターたちもひきつった表情で後ずさりをはじめた。

ライムは見た目が美少女だから、本気で怒るととても恐いんだよね。

「いや、あれは、とっさに体が動いてしまって……!」

「というか、あれはアイツが勝手に飛び込んでいったんだろう。俺たちのせいじゃねえぞ!」

「それに、助かったんだから別にいいだろ。過ぎたことは気にするなよ。へへっ」

悪びれないで笑うハンターたち。

ライムは怒りに満ちた表情のまま、無言で近くの大木に手を伸ばした。

大人が両腕を回しても抱えきれないほどの大きな木だ。

それを片手でつかむと、無造作に引き抜いた。

「は……?」

間の抜けた声を漏らすハンターたち。

メキメキと音を立てて木の根が地面から引きはがされる。

巨木を片手で持ち上げたライムは、怒りに燃えた目でにらみつけた。

「どんな理由だとしても、カインさんを危険な目にあわせたやつは許しません」

ハンターたちに向けて大木を振りかぶる。

「おしおきです」

「ひ、ひぃぃぃいっぃぃぃぃぃっ‼」

「ライム！」

僕の声と同時に、投げようとしていたライムの腕がぴたりと止まった。

「なんですかカインさん」

「そこまででいいよ」

いつもは素直なライムも、このときばかりは不満顔になった。

「でも、この人間どもが……」

「僕のために怒ってくれてありがとう。だから、もういいよ」

優しく言うと、ライムもわかってくれたみたいだった。

「……わかりました」

手にした大木を放り投げる。

地響きを立ててハンターたちの眼前に落ちた。

「ひぃっ！」

「わたしはあなたたちのような人間は皆殺しでいいと思うんですけど、カインさんが許すというので許してあげます。カインさんの優しさに感謝してください」

ハンターたちは声にならない声で必死に何度もうなずくと、一目散に山の奥へと逃げて行った。

倒れた仲間たちも連れて行ったから、任せておいても大丈夫そうだね。

「ニア、大丈夫？」

未だに無言のままだったニアに手を伸ばす。

なぜだか顔を赤くしてぼーっと僕を見つめていたけど、急に我に返って立ち上がった。

「はいっ、大丈夫ですカイン様！」

「………………様？」

なぜだか急に敬語になっていた。

僕を見る瞳もやけにキラッキラに輝いていて、まるで出会ったばかりの頃のライムみたいだ。

「えっと、その、なんで急に様付けに？　助けたことを気にしてるなら、そんなの気にしなくていいんだけど」

「ああっ！　私如きがそのご尊名を口にするなんて汚らわしいですよね！　申し訳ありません！」

腰を直角に折り曲げて勢いよく頭を下げる。

ええっ？　ニアってこんなキャラだっけ？

「名前くらい好きに呼んでくれて構わないし、普通に今まで通りカインでいいんだけど……」

「私如きにそのご尊名を口にする権利をお与えくださるなんて、なんて優しいお方……！」

両手を胸の前で組み、感極まったように瞳を潤ませる。

まるで僕を神かなんかと勘違いしているような態度だ。

いきなりどうしたんだろう。やっぱり頭とか打ったのかなあ……。

「……むっ」

戻ってきたライムが、ニアの態度を見て急に不機嫌な表情になった。

「たった今この人間がわたしの最大の敵になった気がしました殺しましょう」

「ダメだよなに言ってるの!?」

なんでいきなりそんな物騒なことを言い出したんだろう。

不満を隠そうともしないライムだったけど、ニアはニアで強く首を振っていた。

「そんな！　ライム様の敵になるなんてとんでもないです！　ライム様のように強くてかっこよくて美しい人でなければカイン様のとなりなんて務まりません！　ライム様のような人こそカイン様にふさわしいと思います！」

「え、そ、そうかなー。やっぱりわたしとカインさんはぴったりなのかな？」

「はい！　世界一お似合いの夫婦だと思います！」

「えへへへへ～。カインさん、ニアちゃんってやっぱりとてもいい子ですね！」

ええー……。

変わり身が早すぎるよ。

それに僕らは夫婦じゃないし……。

って言っても聞きそうにないなあこれは。

「カイン様はお許しになってくださいましたが、やはり私如きがその名を口にするのはおこがましいので……。もしよろしければ、カイン様のことはこれからは師匠と呼ばせてもらってもよろしいでしょうか」

「し、師匠？　僕はニアの師匠なんかじゃないと思うけど。教えられることなんて何もないし、むしろ僕がニアに色々と教えてもらいたいくらいなんだけど」

「いいえ、とんでもありません！　私はずっと師匠を追いかけて冒険者になったんです。ですから師匠は私の冒険者の師匠であり、人生の師匠でもあるんです」

ええ、そうなの……？

僕にそんなつもりはないんだけど。

「僕が師匠だなんて荷が重いけど……。ニアがそう呼びたいならもちろんかまわないよ」

少なくともカイン様なんて呼ばれ方をするよりはマシだし。

「はい、ありがとうございます師匠！」

ニアが年相応の無邪気な笑顔を浮かべる。

どうしてこんなことでそんなに笑顔になるのか、僕には全然わからない。

なんだか小さなライムがもう一人増えたみたいな感じだなあ。


そうこうしていると、やがて眠っていた主がゆっくりと目を覚ました。

だけどもう襲ってくる気配はない。僕の方を向いて鼻を鳴らしている。

ライムが少し顔をしかめた。

「こいつがカインさんに伝えたいことがあるそうです」

「こいつって……。なんでそんなに敵対的なの」

「あの人間どものせいで我を忘れていたとはいえ、カインさんを傷つけようとしましたから。本来ならこの場で鍋にするか焼肉にするかを決めるべきです」

「もう済んだことだし、許してあげてよ」

「わかりました」

ライムが大猪に手を触れる。

すると、僕の頭に低くて重い声が響いてきた。

『汝に助けられたようだな』

どうやらこれが山の主の声みたいだ。

そういえばライムはテレパシーが使えるみたいなことを言っていたし、それがこれなのかもしれないね。

「気にしなくていいよ。急にやってきた僕たちが悪かったし」

『山は自由だ。汝に罪はない』

どうやら山の主はとても寛大みたいだ。

勝手に踏み入って荒らしたことを咎めたりはしないらしい。

「そう言ってもらえると助かるよ」

『我が命を救いし者よ。古き盟約に従い汝に忠誠を誓おう』

「忠誠って？」

『汝の僕《しもべ》となり、汝の手足となろう』

「そういうつもりはなかったんだけど……」

『汝にその気はなくとも、それが人との古き盟約故に』

古き盟約というのがなんなのかはわからないけど、きっと山の主として大事なものなんだろう。

僕が断ったところで、主のほうが引き下がらない気がする。

うーん。困ったな。

本当にそういうつもりはなかったんだけど。

こんなに大きい猪を連れて帰るわけにもいかないし。

「それじゃあこうしよう。山の主はこのまま森を守っててくれないかな。僕としてもこの山は大事にしたいし」

『御意。この身に誓って、この山にいる限り汝に危害がないことを約束しよう』

よかった。どうやら納得してくれたみたいだ。

これまで通りに主が守ってくれるなら、とても心強いしね。

「心配しなくてもカインさんはこのわたしがお守りしますから、こんなやつの力なんか借りる必要ないですよ！」

なぜかライムが対抗意識を燃やしている。

主は鼻先をライムに向けると、フッと小馬鹿にするような吐息を漏らした。

『覚えのない匂いだと思えば、逃げるしか能のない単細胞族か。さっさと洞窟にでも引きこもったらどうだ』

「はあああ!? わたしのほうが先にカインさんのことをお守りしてるんですけど!? 猪こそ小汚いねぐらに戻ったらどうです！」

どうやらライムにとっては禁句だったらしい。一瞬にして怒りが沸騰した。

「図体がでかいだけの獣のくせに、どちらが強いか教えましょうか!?」

『我が山で我に刃向かうとは愚かな。言葉が交わせるとはいえ、やはり単細胞族か……』

「……わかりました。今夜は猪鍋です」

『くるがいい。身の程を教えてやろう』

「二人ともそこまで」

今まさに襲いかかろうとしていた二人だったけど、僕の声でピタリと止まった。

「さっきも言ったよね。そういうのはダメだ」

「……。カインさんがそう言うのなら」

『汝の命に従おう』

二人とも素直に引いてくれた。

山の主は仕方ないにしても、この山に来てからライムもちょっと乱暴になってるなあ。

やっぱり自然に囲まれると野生の血が騒いだりとかするのかな？

『我はもう行く。この山はすでに汝のもの。自由にするといい』

そう告げると森の奥へと去っていった。

密集するように木々が生えているのに、どの木にも当たらずに、すり抜けるようにして去っていく。どういう理屈かわからないけど、きっと主の魔力によるものなんだろうな。

「ふん。イヤなやつでしたね」

ライムはまだ怒っている。よっぽど相性が悪かったんだな。

対してニアは、それはもうキラッキラの笑顔になっていた。

「はあ……！　山の主と会話するだけじゃなく、主人として認められるなんて！　そんな人は歴史上でも数えるほどしかいないです！　やっぱり師匠はすごいです!!」

なんだかものすごく尊敬されていた。

「そんなにすごいことなの……？」

「もちろんです！　山の主は山を守るために生まれた存在。山に害をなす者を排除するために作られた防衛装置のようなものなんです。そんな山の主が人間に心を許すなんて、門番が賊に対して自ら門を開くのと同じくらいあり得ないことなんですよ！」

「そうなんだ。それじゃあ僕は運が良かったんだね」

「いいえ、どんなに運が良くても山の主が仲間になるなんてあり得ないです。水と油が混ざり合わないようなものです。だけど一つだけ例外があります。正確には、例外となる時代があったんです。

　それが神々が生きていた神話の時代。その時代には精霊と意思を交わせるスキルが存在したといいます。エリクサーを作り出し、精霊とも交信ができ、ユニコーンにも懐かれる。そして今、人を決して認めないはずの山の主にまで認められた。主も古き盟約と言っていましたし、間違いないです！」

「でも僕はひとつもスキルを持ってないよ」

「確かに師匠の冒険者カードには何のスキルも記載されていませんでした。どんな人間にも必ずひとつはあるはずのスキルが。そんなことは本来ありえないんです。

　スキル鑑定装置には、これまでに確認されたスキルがすべて登録されています。だけど、もしも。もしも鑑定装置が作られる前のスキルが存在するのだとしたら。神のスキルを持って生まれたのだとしたら……」

「まさか、ニアは大げさだなあ」

　それだと僕が神様の力を持っているということになってしまう。

　もちろんそんなことあるはずない。どこをどう見たって普通の人間だよ。

僕がこれまでやってきたことも、相手のことをよく調べてアイテムを作ったり、話をしたりしただけだ。特別なことはひとつもしてない。誰にでも出来る簡単なことだ。

僕が神様なんだとしたら、世界中の人間はみんな神様ってことになっちゃうよ。

ライムがきょとんとして首を傾げた。

「カインさんは神様なんですか？」

「さすがに普通の人間だと思うけど。いや、普通ではないかな……」

なにしろ普通ならあるはずのスキルがひとつもないんだから。

「でもただの人間だよ」

「カインさんはただの人間じゃないです。わたしの命の恩人の人間です！」

それは慰めてくれたのか、単にライムの素直な気持ちだったのか、僕にはわからなかったけど。

「ありがとうライム」

ライムはきょとんとしてから、すぐに満面の笑みを浮かべた。

「どうしてお礼を言われたのかわかりませんけど、カインさんが喜んでくれるとわたしもうれしいです」

「師匠は優しいだけでなく神様で、ライム様はとてもお強いだけでなく精霊や山の主と会話できる特別な力を持っている……。お二人ともとてもすごくて、尊敬します」

「ええっと、僕が特別なスキルを持っているとかはないと思うけど……今のことは秘密にしておいてもらえるかな。他の人に知られると色々と困るから」

僕はともかく、ライムの正体がバレるのは非常にまずい。

「これだけのことをしながら誰にも自慢しないなんて、師匠はとても謙虚なんですね。やっぱり素敵です」

快諾してくれたのはうれしいけど、なぜかなにを言っても尊敬されてしまうなあ。

ニアからの贈り物

あれから僕たちはケープサイドへと戻ってきた。ライムの翼のおかげで帰りも一時間程度だ。

ニアもずいぶん驚いていたな。

なんでも、体の一部を変化させるスキルは、飛行スキルよりもさらにレアらしい。

ケープサイドの入り口前で、ニアが僕たちに向けてお辞儀をした。

「それじゃあ師匠、名残惜しいけどここでお別れです」

依頼人に薬を届けるため、このまますぐに王都へ戻るのだという。

「本当はもっと師匠と一緒にいたいんですけど、病気で苦しんでる人がいるので、早く届けてあげたいんです」

「うん、そうしてあげて。僕とはいつでも会えるんだし」

「……はい。王都に来ることがあったら必ず連絡してください。街のどこにでも案内しますから」

「ありがとう。向こうに行くことがあったらそうさせてもらうね」

「師匠は命の恩人ですから、このくらい当然です」

ニアの話だと、ヘルハウンドの群に襲われているところを僕に助けられたみたいなんだ。

その話で思い出したけど、確かにあのとき助けた女の子はニアに似ていた。

でもあれは僕がすごいんじゃない。

あれだけの数のヘルハウンド相手にも決してあきらめなかったニアがすごいんだ。

もしニアが少しでもあきらめていたら、僕が来たところでできることはなにもなかったはず。

僕にできるのは眠り薬を作ることだけ。

そんなのはレシピさえ知ってれば誰にもできることだ。

でも、強敵相手にもあきらめずに立ち向かうことは誰にでもできることじゃない。

しかも襲われていた理由が、助けた町の人を逃がすために、あえて囮になったかららしいんだ。

「その勇気を持つニアのほうが、僕なんかよりも何倍もすごいよ」

「ありがとうございます。今の言葉で救われた気がします。やっぱり師匠に会えてよかったです」

「そう言ってもらえるのはうれしいけど、僕はそんなに大した冒険者じゃないと思うよ。ニアを助けたのも、たまたま僕がそこにいたからだし……」

「いいえ、そんなことはありません。たとえ命の恩人ではなかったとしても、師匠は思っていたとおりの……いえ、思っていた以上にすごくて、ステキな人でした。会えて本当にうれしかったです」

「そ、そうなんだ……。ありがとう……」

そんなストレートにほめられると照れてしまう。

ライムの素直な好意には少しずつ慣れてきたつもりだけど、ニアのように冒険者として尊敬されてしまうのにはどうにもむずがゆいというか、なんというか……。

「……むぅ」

ライムが急に不満顔になる。

「カインさん。これ以上この人間の女と一緒にいるのはよくない気がするのでもう帰りましょう」

なぜか急かしてきたけど、その前にニアが遠慮がちに声をかけてきた。

「あの、師匠。もしよければ、最後にひとつだけわがままを聞いてもらってもいいですか」

「もちろん。ニアにはたくさんお世話になったからね。僕にできることならなんでも言って」

「はい、ありがとうございます。実は受け取ってほしいものがあるんですけど……」

そう言って僕のすぐそばまで近寄ってきた。小柄なニアだと僕の胸くらいまでの背丈しかない。

「えっと、少しだけかがんでもらえますか」

「う、うん。こうかな」

目の前まで来ているせいで、かがむとニアの顔がちょうど真正面にくる体勢になった。

ニアだってかわいい女の子だ。

こんな近くだとやっぱり緊張してしまう。

「はい、ありがとうございます。では……」

上目遣いに見上げると、静かに目を閉じ、僕に向けてそっとつま先を伸ばした。

「……っ！」

「んな……っ！」

ライムが絶句するけど、僕はそれ以上に驚いていた。

柔らかな感触に頭が真っ白になる。

それは数秒だったのか、それとも何十秒も経っていたのか。

しばらくしてニアがつま先を戻す。

その顔は真っ赤な笑みになっていた。

「えへへ……。私の初めて、師匠にあげちゃいました」

「な、な、なんですか今の!?　なんだかわからないけどなんだか胸がすっごくモヤモヤします！」

ライムの声にも僕は答えることができない。

ただただ目の前の女の子を見つめることしかできなかった。

「私にはこれだけでも分不相応な頂き物ですけれど……。もしライム様に飽きたのなら私のところに来てください」

そういうニアは少女のように無邪気な笑みでありながら、どこか大人びた表情を帯びていた。

「そのときは精一杯ご奉仕させていただきますね」

エピローグ　僕らの町へ

アーストの町に帰る馬車の中。ガタガタ揺れる座席に座りながら僕は困っていた。

なにしろ僕の腕にライムがしっかりとしがみついたまま離れなかったんだから。

「あの、ライム、そろそろ離してくれるとうれしいんだけど……」

周りからは単に仲がいいだけに見えるようで、御者もほほえましい目で僕らを見るだけだったけど、ライムは瞳をつり上げて不機嫌そのものな表情だった。

「カインさんはすぐ浮気するのでこうやって離さないようにしてるんです！」

「だからあれは浮気じゃないって……」

「つーん」

話しかけてもそっぽを向いたまま目もあわせてくれない。

それでいながらますます強く抱きついてくる。

実はニアと別れてからずっとこの調子なので困ってるんだ。

そのうち飽きて元に戻ると思ったんだけど、ずっとこのままだし。

理由は、まあ……ニアのアレのせいなんだろうけど……。

う……。思い出したらまた恥ずかしくなってきた。まさかニアがいきなりあんなことをするなんて思わなかったから……。

「カインさんまたイヤらしい顔してます」

「そんなはずないと思うけど……」

どちらかというと恥ずかしいくらいだし……。

不満顔だったライムだけど、やがて表情を曇らせてうつむいた。

「カインさんは、やっぱりニアちゃんのほうが好きなんですか……？」

「ええっ、そんなことはないというか……いきなりどうしたのライム」

「だって……」

ライムがうつむきがちのまま、しがみつく力を弱くした。

「……だって、もうこうやってカインさんと一緒にお出かけできないんですよね……」

「ええっ!?　なんでいきなりそんな話に……」

「今日のクエストしだいで、これからもカインさんと一緒にお出かけできるか確かめるって言ってました」

「……ああ。そういえばそうだったね」

ライムが僕と一緒にクエストに行きたいと言ってたけど、本当に一緒に行っても大丈夫かどうか確かめるために、まずは簡単なクエストを受けたんだっけ。そして問題ないとわかったから、今度は一角獣のクエストを受けたんだった。

もちろん大丈夫だったなんてものじゃない。ライムは僕なんかよりもはるかに強い。むしろライム一人の方が安全なんじゃないかって思うくらいだ。

だから結果がどうだったかなんて聞くまでもないことだし、それに、今さら僕もライムを置いていくなんて考えられなかった。

でも僕はそれを一度も言わなかった。

そのせいでライムは思い詰めていたみたいだった。

「……カインさんはなにも言わないから、わたしはもう一緒にはいられないのかなって……やっぱり、人間同士のほうが、いいのかなって……」

うつむいていた顔が、弱々しい動きで僕を見上げた。

「わたしはカインさんが好きです。最初は体液を流し込まれて交尾を申し込まれたからでした。あんな強引に迫られたら、雌の本能がビンビンしちゃって、もうこの人しかいない！　ってなっちゃうんです。でも今はそれだけじゃありません。カインさんの美味しいご飯が、優しいところが、すべてが好きなんです」

だから交尾してほしい、と言うのかと思ったら、違っていた。

僕を見つめる瞳が泣きそうに震える。

「わたしは雌ですから、子供を欲しいと思うのは生物の本能として自然なことだと思ってました。でも、今は違うんです。私はカインさんが好きなんです。雌だからとか、生物の本能とか、そういうのは関係なく、カインさんだから一緒がいいんです」

そう言って僕の胸にすがりついてきた。

「一緒にいさせてください。もう一人はイヤなんです」

その言葉は痛ましいほどの必死さに満ちていた。

なにがライムにここまでさせるのか。それはわからないけど。

この子にこんな表情はさせたくない。

その一心でライムの体を抱き寄せた。

「……カインさん?」

「ごめん。ちゃんと言えばよかったね。テストはもちろん合格だよ。でも、もしライムが特別な力を持たない普通の女の子だったとしても、きっと結果は同じだったと思う。それくらい、ライムと一緒にいることが僕にとっても当たり前になっていたんだ」

「えっと、つまり……」

「ライムといると僕も楽しいんだ。一緒にクエストに行ったり、料理を美味しそうに食べてくれたり、そういうのがこんなに楽しいなんて知らなかった。すぐに交尾をしたいと言い出すのはちょっと困るけど……」

今まで誰かと暮らすということが僕にはピンとこなかったけど。

でも、これまでのようなことが毎日続くんだって考えると、それはとても悪くない気がした。

スキルもない僕なんて誰とも釣り合わない、って思い込んでいたけど、人間の生活に慣れていないライムとなら相性はいいのかもしれない。

家族ができるっていうのは、もしかしたらこういうことなのかもしれないね。

家族っていうか、ライムは大きな娘って感じだけど。

「だから、僕からもお願いしていいかな。ライムさえよければ、これからも僕と一緒にいてほしいんだ」

目の前の女の子がびっくりしたように目を見開く。

やがて満面の笑みを輝かせる。

「はい！　もちろんです！」

腕の中で声を弾ませ、涙を流した。ライムがびっくりしたように手を当てる。

「あれ？　どこもケガしてないのに、どうして涙が……」

その理由はきっと人間なら誰でもわかる。

伝えるのは少し恥ずかしかったけど、今も戸惑う彼女のためにその言葉を口にした。

「人間はね、うれしいときや悲しいときにも涙を流すんだよ」

「……じゃあうれしいからです。さっきから心も体も温かくて、涙が止まらないんです……」

「そっか」

「人間の気持ちが少しだけわかった気がします。交尾をしたから夫婦ではないんですね。この気持ちがあるから夫婦になるんですね」

「そうかもしれないね。ただ、僕たちは夫婦ではないけどね」

「そうなんですか？」

ライムが涙を拭きながら首をかしげる。それからごく自然な流れで質問してきた。

「じゃあどうしたらカインさんと夫婦になれるんですか？」

「ええっと、それは……」

ライムは人間社会についてよく知らないからかもしれないけど、こうストレートに聞かれると答えに困ってしまう。

ライムのことが嫌いってわけじゃないし、むしろ好きなんだと思うけど、いきなり夫婦とか言われると、なんていうか、こう……。

「とにかく、会ったばかりの人がいきなり夫婦になるのはあまりないんじゃないかな……。そういうのはもっと時間をかけて進展していくものだと思うし……」

中には出会ってすぐに結婚する人たちもいるんだろうけど……。

「つまり人間は時間をかけて夫婦になるってことですか？」

「ええと、まあ、そうなの、かな……？」

結婚なんてしたことないからわからないけど、言葉が見つからなくてそう答えてしまう。

ライムがぱあっと顔を輝かせた。

「じゃあわたしたちも時間をかけて夫婦になりましょう！」

本当に意味わかって言ってるのかなあ……。

僕は熱くなった顔で視線を逸らすことしかできなかった。

そんな僕にライムが再び抱きついてくる。

それは最初と同じだったけど、でも最初とは全然違うものだった。

「カインさん、これからもずっとずーっと、一緒にいてくださいね！」

特別書き下ろし

神様が見てるから

yasashisa shika torie ga nai bokudakedo,
maboroshi no cho rare monster wo tasuketara
natsukarechatta mitai

カインさんの家に戻ってくると、わたしは思わず大声を上げた。

「とうちゃく～！　やっと帰ってきました！」

すぐ後ろから小さな笑い声が聞こえる。

「そうだね、なんだかんだで長く家を離れてたからね。おかえりライム」

「はい、ただいまです！」

カインさんを振り返ると「ライムはいつも元気だね」と微笑んでくれた。

カインさんの家に戻ってくると、なんだかとても安心するというか、帰ってきたって感じがする。

ここにいた時間は今まで生きてきた時間に比べればとても短いはずなのに、どうしてなのかな。

「その様子なら平気そうだけど、ずっと馬車に乗ってて大丈夫だった？」

「大丈夫でしたけど、どうしてですか」

「前に馬車に乗ったときはなんだか辛そうだったから」

そういえば前は、ずっと揺られていたせいでお尻が痛くなったんだっけ。

今回もちょっと痛かったけど、前ほどではないかな。

どうしてだろうと考えてすぐに理由がわかった。

「きっとカインさんにずっと抱きついていたおかげですね」

「そ、そうなんだ……。それならよかったよ……」

カインさんが困ったように目を逸らした。顔もちょっと赤い。

どうやらわたしの答えがいけなかったらしい。

カインさんを困らせたくはないんだけど、なぜだかこういうときのカインさんはとても愛らしく感じてしまって、わたしもうれしくなってしまう。

こういう気持ちは今まで感じたことがなかったから、新鮮でとても楽しい。カインさんと一緒にいると、知らないことがいっぱいだ。

部屋に荷物を下ろすと、カインさんは台所へ向かった。

「もう時間も遅いしお腹空いたでしょ。なにか作るからちょっと待っててね」

「カインさんのご飯ですか？　わーい、やったー！」

両手を挙げて喜ぶ。

カインさんの料理は本当に美味しい。この世のものとは思えないくらいだ。

「すぐに作るから、ライムはそこで待ってて」

「わたしもお手伝いします！」

「でも慣れない馬車で疲れてない？」

もちろんちょっと疲れている。

でも、カインさんだって同じ馬車に乗っていたんだから、わたしと同じように疲れているはず。

けれどカインさんはそんなこと絶対に言わない。だからわたしも言わないことにした。

「カインさんの匂いとか体温とかをたくさんもらったので元気いっぱいです！」

「そ、そうなの？」

「そうなんです！　カインさんはわたしの匂いをかいだりしませんか？」

「しないよそんなこと！」

強く否定されてしまった。

わたしはいっつもカインさんの匂いをかいでるんだけど、人間はそういうことをしないのかな。

ちょっと残念。

「えっと、それじゃあ食器を並べてもらえるかな……」

「わかりました！」

さっそく食器棚へと向かう。

ご飯の時に食器を用意するのはわたしの仕事だ。

いつもやっているから、もうどこになにがあるかわかっている。最初は戸惑ったりもしたけれど、
今ではすっかり慣れたものだ。

「カインさーん終わりましたー」

「ありがとう。こっちももうすぐ出来るから、もう少し待っててもらえるかな」

台所に立つカインさんは、火にかけた鍋をかき混ぜていた。

いい匂いが家中に漂っている。それだけでよだれが垂れてきてしまった。

今日はなんのスープだろう。

「今日はキノコと野菜と干し肉のスープだよ」

「まだなにも言ってないのに、どうしてわたしの考えてることがわかるんですか!?」

もしかしてカインさんもテレパシーが使えるの!?

「そんな顔でじっと見られたら、たぶん誰でもわかるんじゃないかなあ」

カインさんがおかしそうに笑っている。

うーん、わたしそんな顔をしてたかなあ。

手でグニグニとさわってみたけど、さすがにわからなかった。

でもカインさんの作るご飯が美味しそうすぎるから、そんな顔になってしまうのは仕方ないよね。

「カインさんの料理が終わるまでとなりで待っててもいいですか?」

「え、ここで?　僕は別にいいけど……」

カインさんから許可をいただいたので、さっそくとなりでカインさんの横顔を眺めはじめた。

いつも色々なカインさんを見ているけど、ずっと見ているだけで幸せになれる。

カインさんがそんなわたしにチラチラと視線を向けてきた。

「あの……僕なんか見てて楽しいの……?」

「はい、もちろんです!」

元気よく答えると、カインさんはちょっと戸惑った様子だった。

「もしかして料理のお邪魔ですか……?」

「い、いや、そんなことはないよ。でも、暇じゃないのかなって……」

「カインさんを近くに感じられるだけでうれしいんです」

「そうなんだ……」

カインさんは見つめるだけのなにが楽しいのかと不思議がっているけど、わたしにとってはこれ以上の幸せなんてない。

料理をするカインさんを眺めていると、色々なことがわかってくる。

「鍋の火がいつもより弱いですね」

「ライムは熱いものが苦手だよね。だから熱くなり過ぎないようにしてるんだ。そのせいでちょっと時間がかかっちゃってるけど。待たせちゃってごめんね」

わたしのためにしてくれてるんだから、謝る必要なんてひとつもないのに。

「……野菜が色々な大きさに切ってあるのはなんでですか？」

「ライムは大きい野菜を食べる方が好きでしょ」

「おっきい方が、なんといいますか、食べてるーって感じがするんです」

「でも僕は大きいと口に入らないからね。だから僕とライム用で分けて切ってあるんだよ」

全部小さく切れば、そんな苦労はしなくてもいいのに。

それに器によそうときだって大変になるはず。

「…………こっちの小さな入れ物はなんですか？　なにかの液体が入っていますけど」

「それは味を変えるためのものだよ。いっぱい食べても同じ味だと飽きちゃうでしょ」

カインさんはわたしに比べると小食だ。いっぱい食べるのはいつだってわたしだけ。

それに……。

「カインさん、やっぱりわたしお邪魔じゃないですか？」

「えっ、どうして？　そんなことないけど」

「だって……こうしていっぱいお話ししてくれるのは、わたしのためですよね」

「そんなこと気にしなくていいよ。僕も退屈しないですむから」

そう言って笑ってくれたけど、一人で料理をしているときのカインさんはいつも静かだ。こうして話をしてくれるのは、わたしがそばにいるときだけ。

胸の中が温かくなる。

僕なんか見てもつまらないよとカインさんは言うけれど、料理をしているときのカインさんには、カインさんのステキなところがいっぱいつまっていると思う。

「わたし、料理をしてるときのカインさんが一番好きかもです」

「そ、そうかな……。ライムはご飯を食べるのが好きだからね……」

「カインさんの料理は美味しいので楽しみです～」

もちろんそれだけではないけれど、あんまり言うとカインさんが困ってしまうのでぐっとこらえてガマンした。

「……えへへ～」

でも顔がニヤけちゃうのはしょうがないよね。


そのあと、カインさんの作ってくれたご飯を一緒に食べた。

いつも通りとても美味しかったけど、今日のは今までで一番美味しかったかもしれない。

そう言ったら、カインさんが笑顔になった。

「よかった。今日のは、今までのライムの反応からこういうのが好きなのかなって思って作ったんだ。気に入ってくれてよかったよ」

そんなことを当たり前のように言うんだ。

「やっぱりカインさん大好きです!!」

「うわっ、ご飯食べながら抱きつくとこぼれちゃうよ」

注意されてしまった。

でもカインさんがステキすぎるのが悪いよね。


カインさんからはたくさんのものをもらった。

それは今も胸の中にあふれていて、思い出すだけで頬がゆるんでしまう。

昔は辛いことばかりだった。生きているだけで悲しいこともたくさんあった。出会う人間はみんな敵で、眠る暇もないくらいだった。

でも今は楽しいことばかり。

悲しかったり嫌だったりすることもちょっとだけあるけれど、やっぱりカインさんと一緒にいられてとても幸せだ。

きっと神様はいるんだろう。

カインさんに出会う直前、人間の攻撃を受けて隠れていたとき、わたしは神様に、幸せな思い出をくださいと願った。

だから願いを叶えてくれた。幸せな思い出がほしいと願ったら、こんなにステキな人と巡り合わせてくれた。ありがとう神様。

でも。

一度だけでいいと願ってしまった。

幸せだと思うことができたのなら、この先どうなってもかまわないと言ってしまった。

ふと思う。

もしこれ以上幸せになったら、神様に怒られてしまうんじゃないだろうか。

もう十分願いは叶っただろうと、カインさんから引き離されてしまうんじゃないだろうか!?

わたしは思わず抱きついていたカインさんから離れた。

「ライム？　どうしたの？」

カインさんのご飯は美味しくて、食べるだけで幸せになれる。

だから。

「……今日はもうお腹いっぱいです……」

「ええっ!?」

カインさんがものすごく驚いた。

「まだスープ五杯しか食べてないよ!? いったいどうしたの!?」

心配してくれるのがうれしくて、思わず顔がゆるみそうになる。

でもダメ。

これ以上幸せにならないため、カインさんから目を逸らした。

ううっ、そばにいるのに見ることもできないなんて……。

「どこか具合でも悪いの？ もしかして、僕の料理が美味しくなかった……？」

カインさんの声が落ち込んだ気がして、目を伏せたまま慌てて首を振った。

「そんなことないです！ カインさんの料理は世界一美味しいです！」

「それじゃあ、やっぱりどこか具合が悪いの……？」

「いえ、どこも平気です……」

「じゃあどうして僕のことを見てくれないの？」

「だって、わたしのことを心配してくれるカインさんなんか見たら、もっと好きになっちゃうじゃないですか！」

「ええっ!?　ご、ごめん……？」

戸惑うカインさんに、ごめんなさいとわたしは心の中だけで謝った。

これ以上カインさんのそばにいたら危険だ。わたしはそそくさと寝室に向かった。

カインさんの家にはベッドがひとつしかない。

部屋が狭いから二つは置けないいんだって。

だからいつも一緒に寝ましょうと誘うんだけど、今日のわたしはまっすぐベッドに向かった。

「ではおやすみなさいカインさん」

「えっ？　あ、ああ。うん。おやすみライム……」

カインさんが驚いたようにわたしを見る。心配させてしまったんだろうか。

なにも言っていないのに、いつもと違うわたしに気がついてくれる。

頬がゆるむのを抑えられなくて、見られないように枕に顔を押しつけた。

そんなわたしにカインさんが近づいてくる。

「なんだか心配だし、今日は一緒に寝るよ」

「ほんとうですか!?」

その言葉にわたしは飛び起きた。

「やったあ！　カインさんと一緒に寝られてうれしい……はっ！」

はっとして我に返った。ばったりとベッドの上に倒れる。

「きょうは……ひとりで……ねます……」

「えええええっ!?」

カインさんが今までにないくらい驚いた。

「ど、どうしたのライム!?　やっぱりどこか悪いんじゃ……!?」

ベッドの上で寝ころんでカインさんに背中を向ける。

「ぐあいは……どこも……わるくないです……」

「なんでそんなに棒読みなの？」

わたしが幸せになりすぎて願いが叶ったと神様に思われると、カインさんから引き離されてしまうんです。

正直に言ったら、神様に聞こえてしまうだろうか。

聞かれたらやっぱり、わたしが幸せなのがバレちゃうよね。

「……どうもしないです。わたしだって、一人で寝たいときくらい、あるんです……うぅ〜……」

「そんな泣き声で言われても説得力まったくないけど……」

そう言いながら、わたしのとなりで横になった。

「なんか今日のライムは心配だし、やっぱり一緒に寝るよ」

ベッドは狭いから二人が並ぶと落ちそうになってしまう。だから、カインさんの手がわたしの肩を抱くようにして回される。

その優しい動きに頬が溶けそうなくらいにゆるんでしまう。

「えへへ……。カインさんからこうして抱いてもらうのはとってもうれし……はっ！」

またしても我に返った。返ってしまった。

ベッドの上を転がってカインさんの腕から離れる。

「そうやってすぐ女の人に手を出すのはよくないって、セーラが言ってました……」

「ええええっ!?　えっと、その、そういう意味じゃなかったというか……あの、ごめん……」

カインさんが戸惑ったように腕を離す。

ううう……。ごめんなさい……。

でも、カインさんと離されないためには、こうするしか……。

わたしはそのままベッドの上を転がって床に落ちた。

ドスンとちょっと大きな音がしたせいか、カインさんが心配そうに上から声をかけてくる。

「ライム、大丈夫……？」

「だいじょうぶです……わたしは床で寝るのが好きなんです……」

「そうだったっけ？　いつもベッドで寝ましょうって言ってたけど」

「あれはウソです……。生まれ変わったら床の染みになりたい……」

「もうちょっと将来に希望を持ってもいいと思うけど」

「交尾もしなくても別に……平気で……うう、交尾したいですぅ～……」

カインさんは、人間はうれしくても悲しくても涙が出るって言っていた。

それは本当だった。

せっかくカインさんが一緒に寝ようって言ってくれてるのに、触ることもできないなんて、悲しくて悲しくて涙が止まらない。

一緒に降りてきてくれたカインさんの優しい声が聞こえる。

「交尾はしてあげられないけど……」

やわらかな手がわたしの頭をゆっくりとなでてくれた。

「慣れない旅できっと疲れてるんだよ。寝れば治ると思うから。だからおやすみ、ライム」

人間はうれしくても悲しくても涙が出るって言っていた。

それはやっぱり本当だった。

カインさんの言葉がうれしくて、そんな心配をさせてしまっていることが悲しくて、二つの涙を流しているといつのまにか眠りに落ちていた。


次の日、朝食を食べているとセーラがやってきた。

「おはようカイン。お邪魔するわよ」

「あれっ、おはようセーラ。こんな朝早くに来るなんて珍しいね」

「ちょっと明日までに必要なものができてね。それを作ってほしいのよ」

「それはまた急だね。どんなアイテムなの？」

「これがレシピよ」

セーラがなにかの紙をカインさんに渡した。カインさんはさっと目を通すと、すぐにうなずく。

「うん、これならすぐにできると思うよ」

「じゃあお願いしていいかしら。明日の朝までに用意してもらえると助かるわ。急なお願いで悪いんだけど」

「セーラにはいつもお世話になってるからね」

「ありがとう。それじゃアタシはもう行くわね」

「もう？　ちょっとくらい休んでいけばいいのに」

「今日は忙しいのよ。お礼は明日受け取るときにするから。それじゃ……」

そう言ってセーラが帰ろうとしたけれど、遠くから様子を見ていたわたしに気がつくと、帰ろうとする足を止めてまっすぐこっちに来てくれた。

「ライムちゃんどうしたの？」

「えっ、ど、どうって……？」

「なんか落ち込んでるみたいだから」

すぐに見抜かれてしまった。

カインさんもうなずく。

「実は昨日から様子がおかしいんだ」

「ひょっとして、カインになにかひどいことされたとか？」

「ち、ちがいます！　なにもしてません！　昨日もわたしに手を出そうとしてきましたけど、ちゃんと断りましたから！」

「…………へぇー」

「ライムは疲れてるからちょっと言葉の使い方が間違ってるみたいだなあ！」

「と、とにかく、カインさんはいつも通りステキで優しいです……」

「それじゃあどうしたの？」

「えっと、それは……」

本当のことを話そうか迷ったけど、やっぱりやめることにした。

「変なことなんてなにもないです……。わたしは全然いつも通りに普通です……」

嘘をついてるのが申し訳なくて、つい目を逸らしてしまう。

「ライムちゃんがそう言うなら無理には聞かないけど……」

セーラが耳元に顔を近づけると、わたしだけに聞こえる声でささやいた。

「なにか困ってることがあったら遠慮なく相談してね。アタシでもいいし、カインもああ見えてちゃんと頼りになるから」

「はい……」

「アタシたちに迷惑がかかるとか思ってるなら、そんなの気にしなくていいわよ。困ったときはお互い様でしょ。それに悩みなんて、自分が思ってるほど大したことないものよ。話してみたら案外あっさり解決するかも」

セーラはそう言ってくれた。

カインさんも、セーラも、本当にいい人間だと思う。

「うう……。ごめんなさい……。やっぱりお話しするわけには……」

「……そう。まあ話したくないことを無理に話さなくてもいいわ。でも、話せるようになったら教えてね」

悪いのはわたしなのに、セーラは優しくそう言ってくれた。


セーラが帰ると、カインさんはすぐにアイテムを作りはじめた。

けど必要な素材が足りなかったらしい。なのですぐに取りに行くことになった。

カインさんと一緒にお出かけするのは楽しい。だから一緒に行きたかったけど、そんなことをしたら幸せすぎるかな。

悩むわたしに向けて、カインさんは当然のように手を差し伸べてくれた。

「どうしたのライム、一緒に行くよ」

「はい！　ご一緒いたします！」

反射的に声を弾ませてしまい、あわてて口を押さえた。

「……どうしたの？」

「いえ、カインさんとご一緒できるのはとてもうれしいので、やっぱり行かない方がいいのではないかと思いまして……」

「やっぱりライム、昨日からなんか変じゃない？」

「そ、そんなことないですよ……？　わたしは今日も普通です……？」

「そう？　じゃあ僕一人で行くけど……」

「うう……やっぱりわたしも一緒に行きたいです……」

だってカインさんと一緒に行きたすぎるし、一人で待つなんて寂しすぎる。きっと一秒だって耐えられない。

「……そっか。わかったよライム」

カインさんの手がわたしをつかむ。

「じゃあこうしよう。ライムは行きたくないかもしれないけど、僕はライムに来てほしいんだ」

「え……？」

意外な言葉に顔を上げる。

「わたしに、来てほしい……？」

「そうだね。来てくれないと困るかな」

「どうしてもですか？」

「どうしてもだよ」

じわじわとわたしの中に喜びがこみ上げてくる。

「カインさんもわたしが来るとうれしいですか？」

「もちろんうれしいよ」

「もう、カインさんったら、そんなにわたしのことが好きなんですね。しょうがないなー！」

「そう言われると答えに困るけど……」

「それじゃあ仕方ないですね！　本当は行きたくないんですけど、カインさんがどうしてもっていうから一緒に行くんですからねっ！」

そう言ってカインさんの腕に抱きついた。

でもこれはわたしが一緒にいたいからじゃない。カインさんがどうしてもって言うから、一緒にお出かけするだけ。

つまりこれはお仕事のお手伝い。ぜーんぜん幸せじゃないから一緒にお出かけしても問題ないですね！　えへへ。

目的の場所は町を出てすぐの所だった。

このあたりに生える野草がアイテムを作るのに必要なんだって。

「あった。あそこだよ」

カインさんが示した場所には、たくさんの草が生い茂っていて、そこの中心で二匹のモンスターが仲良く眠っていた。

鋭い角を生やしたウサギだ。

性格は普通のウサギと同じなので危険はないけど、もしあの角で刺されればそれなりに痛い。

わたしには効果がなくても、カインさんが刺されたらケガをしてしまうかもしれなかった。

「ここで待っててください。すぐに追い払ってきます」

「そこまでしなくても大丈夫だよ」

向かおうとするわたしをカインさんが引き留める。

「ツノウサギは草食だから僕らを襲うことはないし、時間的に今はご飯を食べて眠ってるだけだと思うんだ。そこまで急ぎでもないし、起きるまで待ってあげよう」

「カインさんがそう言うのでしたら」

「せっかく天気もいいし、僕らもゆっくり休もうか」

近くの大きな木の下に移動すると、荷物の中からお弁当を取り出した。

「カインさんのご飯ですか!?　ずっといい匂いがしてるからなんだろうって思ってたんです」

「急だったから家の残り物を集めただけなんだけどね」

「カインさんの作ったご飯ならなんでも美味しいから大丈夫です！」

人間は不思議な生き物だ。

今までご飯は外で取ったものを食べるだけだったのに、カインさんは美味しく料理をするし、こうして箱の中に入れて持ち運んだりもする。

おかげでいつでもカインさんのご飯が食べられるのだから、とても素晴らしいことだと思う。

持ってきたお弁当を食べながら休憩していると、だんだんと眠くなってきた。

お腹いっぱいで、日差しが温かくて、となりにカインさんがいる。

気がつくとカインさんの肩にもたれかかっていた。いつものカインさんなら恥ずかしがるのに、今日は何も言わなかった。

だからそのまままどろんでいると、とても気持ちよくて、まるで夢の中を泳いでいるような気持ちになる。

あそこで眠るウサギたちもこんな気持ちなのかな。雄と雌だからきっと夫婦だよね。

カインさんは、わたしたちは夫婦ではないという。

なら、もし夫婦になったらもっと気持ちいいのかな。それはどんな感じなんだろう。今でもこんなに幸せなのに、これ以上幸せになったらどうなっちゃうんだろう……。

はっとして体を離した。

だめだめ！　これ以上幸せになったら神様に怒られちゃう！

でも……。カインさんがこんなに甘えさせてくれるなんて、めったにないし……。

もし神様がいるとしたらやっぱり空だよね。わたしたちをどこかから見ているのだとしたら、それはきっとよく見える場所だと思うし。

だったら木の下にいれば見えないかな……？

ならやっぱりくっついても……？

「どうしたのライム」

考え事をしながらぼんやりと空を見上げていたわたしは、だからぼんやりと答えてしまった。

「カインさんは、もしわたしがいなくなったらどうしますか」

気がつけばそんなことをつぶやいていた。

言ってからしまったと思った。

そんなことを言うつもりはなかった。カインさんを困らせるだけだから。

カインさんが驚いたようにわたしを見る。

「ライムは僕のところからいなくなっちゃうの……？」

その声が震えているように聞こえたのは、わたしの願望なんだろうか。

「い、今のは忘れてください。そういうつもりじゃなかったといいますか……」

「……ほんとうに？」

まっすぐに目を見て聞いてくる。ちょっと怒っているようにも感じられた。

いつもは優しいカインさんが、わたしのためにこんなに真剣になってくれている。わたしのせいで困らせてしまっているのに、なぜだかうれしくなってしまった。

「えへへ……」

「僕は真面目に聞いてるんだよ」

怒られてしまった。

そんなカインさんもステキだ。

でもカインさんを困らせるのはよくないし、悲しんでくれているのだとしたらそれはうれしいけど、カインさんにそんな思いはしてほしくない。

わたしはカインさんのそばにずっといたいけど、それはわたしのワガママだ。カインさんを困らせていい理由にはならない。

だから、たとえこれでカインさんと別れることになるとしても、わたしは正直に話すことにした。

「わたしはこれ以上幸せになったら、カインさんと別れなければならないんです」

「ど、どうして？」

「一度お話ししましたが、わたしとカインさんが出会えたのは、神様にお願いしたからです」

「そういえば、最初に会ったときにそんなことを言ってた気がするけど……」

「わたしが傷ついて隠れていたとき、人間の気配を感じてもうダメだと思いました。このまま捕まえられて一生監禁されるんだって。だから、その前に一度だけでいいから、幸せな思い出をくださいって願ったんです。生まれてきてよかったと思えるような、そんな経験がほしい。それさえ手に入ったのならば、もう死んでも構わないから、と。

おかげで願いは叶いました。カインさんと一緒になれて、わたしは今とても幸せです」

すぐそばに座るカインさんの体温が感じられて、少しだけ体を離した。

「でも、一度だけと願ったのに、こんなにいっぱい幸せをもらってもいいんでしょうか。願いを叶えたのだから、もう一緒にいる必要はないだろう。願いを叶える前の生活に戻してやる。そう言われても文句を言えません。だって、そういう願いだったんですから……」

「それでいなくなるかもしれないってこと？」

「はい。だから、わたしはこれ以上幸せになったらいけないんです」

カインさんはきょとんとしたあと、急に笑い出した。

「あははは！　昨日から様子がおかしいなと思ってたら、そんなことだったんだ」

「そ、そんなことってなんですか！　わたしにとってはとっても大事なことなんです！」

思わず大声を上げてしまった。だけどカインさんは笑顔のままだった。

「うん、そうだね。笑ってごめん。でも、そんな心配はいらないよ」

カインさんが優しい声で言う。

「いくらでも幸せになっていい。僕たちはそのために生まれてきたんだから」

「そう、なんですか……？」

「もちろん。神様だってそう言うよ。そんなんじゃ全然足りないよって。それに、もし神様が僕たちを引き離したのなら、そのときはまた見つけてあげる。今度は神様の力じゃなくて、僕たちの力で幸せになればいいんだ」

カインさんの手が優しくわたしの頭をなでる。その優しい感触に涙があふれて止まらなくなった。

「本当に、幸せになってもいいんですか……？」

「もちろんだよ」

「毎日美味しいご飯を食べてもいいんですか」

「ライムに食べてもらえると僕もうれしいんだ」

「毎日ずっと眺めててもいいですか」

「僕なんか眺めてもおもしろくないと思うけど……」

「毎日抱きついてもいいですか」

「えっと、ずっとは困るけど、たまになら……」

「毎日交尾をしましょう」

「さすがにそれはちょっと……。ライム、もう元に戻ってるよね？」

「えへへ、バレちゃいました」

だってカインさんがこんなにもステキだから、心配なんてあっという間になくなってしまった。

神様に引き離されても連れ戻してくれる。

その言葉を思い出すだけで頬がニヤケてしまい、全身がトロトロに溶けそうになる。うれしすぎて死んでしまいそうだ。

「それじゃあ最後にもうひとつだけお願いをしてもいいですか」

「うん、もちろんだよ」

「一生一緒にいてください」

「ええっ!? い、一生一緒って、それはつまり……」

「……お嫌でしたか?」

「嫌ってわけじゃないんだけど、ライムの言い方だと、まるで僕たちが、その……家族になるというか……」

「ずっと一緒にいたいんです。毎日カインさんのご飯を食べて、カインさんのお仕事をお手伝いして、カインさんと一緒にお出かけして、カインさんと一緒に寝たいんです。できれば交尾もいっぱいしたいです。子供は十匹くらいがいいですよね。そうしたら家も大きくしないといけませんね。もちろんわたしとカインさんの部屋は一緒でベッドもひとつにしましょうね」

「……えっと、お願いはひとつだけだったよね……」

「あっ、そうでした」

いけない、いけない。カインさんとのことになると、どうしてもワガママになってしまう。もっともっと幸せになりたいと思ってしまう。

今でも十分幸せなのに、これ以上幸せになりたいだなんて。わたしはいつからこんなワガママになったんだろう。

カインさんと一緒にいられれば、それだけでいいはずなのに。

「それじゃあ、手を握ってください」

「手を？」

「はい。神様に見つかっても、連れて行かれないように」

「……それならしっかり握らないとね」

カインさんの手が、わたしの手を包むように握りしめてくれた。

壊れないように優しく、だけど離さないように力強く。

言葉はなくても思いが伝わってくる。

とても大切にしてくれているのがわかって、笑みがこぼれるのを抑えられなかった。

カインさんが好きだ。その気持ちがあふれて止まらなくなる。

ドクンドクンと胸が鳴っている。初めて会ったときに感じた鼓動が今も続いていた。

あのときにもらった優しい光は、今もわたしの中で輝いている。

それどころか、輝きは日ごとに強さを増し、今もわたしの心を温かくさせる。さっきまであったはずの小さな暗闇は、今はもう影も形も残っていなかった。

風が木の葉を揺らし、太陽の光が射し込んだ。
これじゃあ神様に見つかってしまう。
でも、もう大丈夫。
温かな手がわたしをしっかりと摑んでくれているから。
優しい光がわたしを照らしている。
高鳴る鼓動が、いつまでも、いつまでも、わたしの中に響いていた。

あとがき

初めまして、ねこ鍋と申します。

小説家になろう様にて連載していた「やさぼく」がＥＳＮ大賞にて賞をいただき、こうして本にしてもらいました。

趣味で書きはじめた本作がこうして皆様の手に渡るのは本当にすごいことだと思います。

これを書いてる時点でもまだ実感がわいておらず、はえーすっごいなあ、となんだか他人事な気分です。

実際に書店に並ぶとまたちがうのかもしれません。

もし書店にて「やさぼく」の前でうろうろしてる不審者がいたら生温かい目で見守ってあげてください。鍋の中にいる猫だったら確実に私です。好物はおはぎです。よろしくお願いします。

なお書籍化にあたって、ＷＥＢ版から全体的に加筆修正し、構成を大きくざっくりと変更しました。具体的に言うとクエスト１のラストをクエスト２のラストに変更し、それにあわせて細々と修正しています。

連載版だと毎話ごとに楽しんでもらえるよう書いていますが、本にする場合には一冊全体を通しての完成度が必要なため、本のラストが物語のクライマックスとなるよう変更したためです。

このあたりはWEB連載とはちがう考え方になるため、改稿作業は大変でしたが、そのぶん新鮮で楽しくもありました。一度書いたものをプロットレベルから見直して構成し直すという地味で面倒な作業なのですが、そんなものを楽しめるあたり私も大概ですね。

そのおかげか、担当編集様にも構成を変更したことにより内容もグッとよくなったとお褒めのお言葉をいただきました。

WEB版をすでに読んでいる方も、初めて本作を手に取ってくれた方も楽しめるようになっているのではと思います。そうだといいな。

また、連載時には運営様よりえっちすぎるからダメだと言われて削除した描写も復活しております。

どうするか迷ったのですが、該当シーンを載せることを快く快諾してくれたアース・スターノベル編集部様の英断には頭が下がる思いです。えっちなシーンを復活させるといったときの編集長様の笑顔、忘れません。

ではそろそろ謝辞に入りたいと思います。

まずは選考していただいた編集者様方、本作をお選びいただきありがとうございます。また、一緒に改稿作業を手伝っていただいた担当編集様、本当にありがとうございました。

表紙に関しては、ライムのポーズを提案してもらったおかげでいいものになったのではと思います。私はラフをいただいてから一日十回は拝んでいます。

いつも深夜までお仕事お疲れさまです。おかげで良い作品になったのではないでしょうか。


イラストを担当してくれた日向あずり様。すばらしいイラストを本当にありがとうございます。

キャラの描写がほとんどないにも関わらず、イメージ通りのイラストがあがってくるのには本当に驚き、感動しました。

私と担当編集様とでもイラストのデザインについてはあれこれ相談していたのですが、結局はあずり様のご提案をほぼ受け入れる形となりました。やはり餅は餅屋ですね。プロってすげぇや。


最後に、本書を手に取ってくれた皆様に深く感謝いたします。

小説は誰かに読んでもらい、楽しんでもらうためのものなので、少しでも皆様の心に何かを残せましたら幸いです。

そしてもし面白いと感じるところがありましたら、是非ともご家族ご友人知人親戚隣近所の知らないおばちゃんにまで勧めてあげてください。

やっぱり多くの人に読んでもらえるのが一番うれしいので。どんどん布教しましょう。

そしてよければ感想なんかも書いていただけると、作者である私が小躍りして読みに行きます。

ちなみに私のメンタルは豆腐の角にぶつけても負けるレベルです。エゴサの喜びは胃痛と引き替え。カインに対するライムのように褒めちぎってもらえるとうれしいな！

それでは、まだ続編が出るかどうかは皆様ご存じの例のアレで未定なのですが、続編か、新作か、はたまたＷＥＢの片隅でか、どこかで再会できることを願っております。

日向あずりです。
ライムちゃんがうちに尋ねて来ないんですが
もしかしてバグですか？、

カイン君の底知れない感じ
すこすこのすこ。
Hyuga Azuri

アニメ
10月放送
スタート!!
私、能力は平均値でって言ったよね!
FUNA

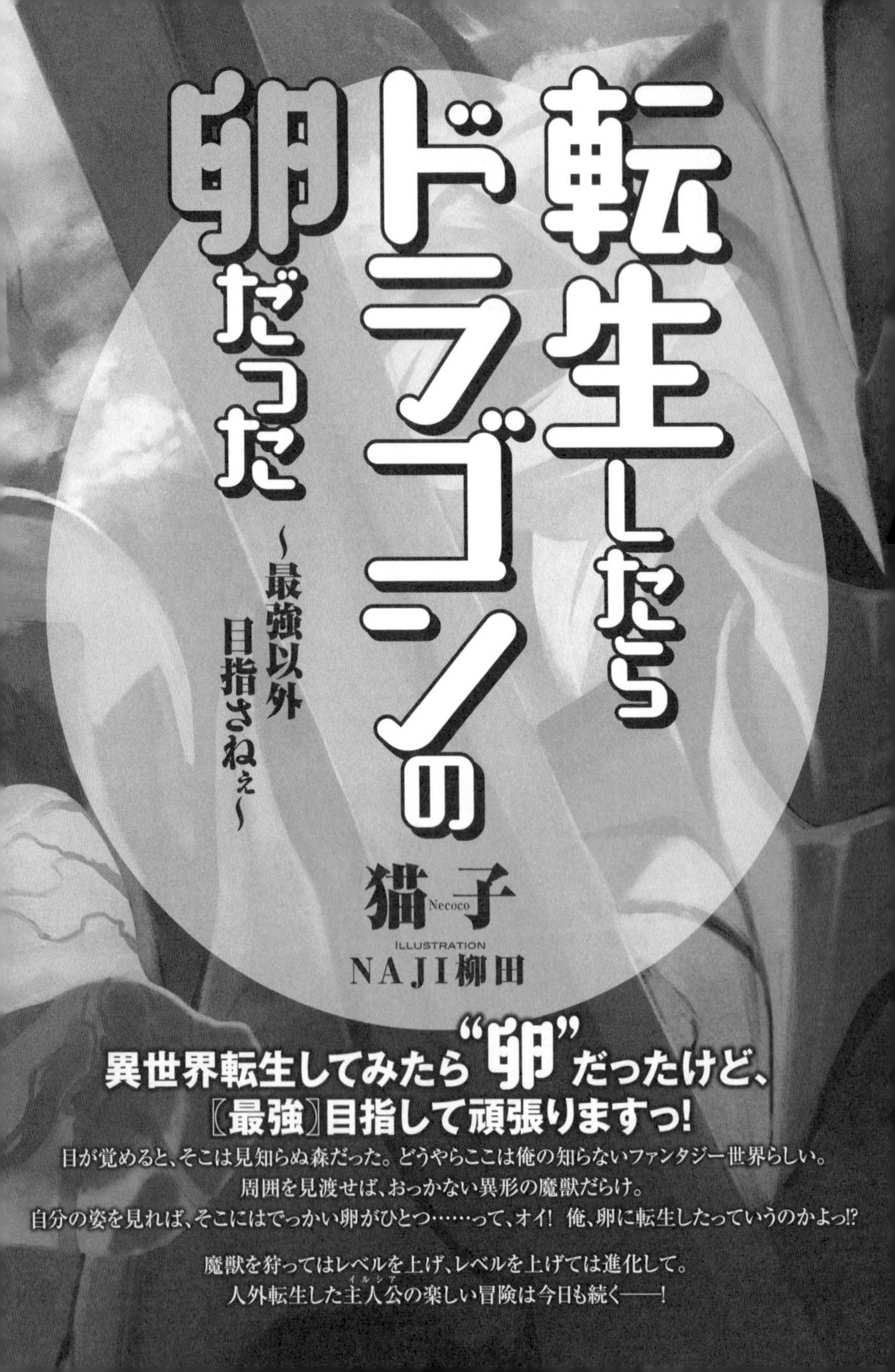

転生したらドラゴンの卵だった
～最強以外目指さねぇ～

猫子 Necoco

ILLUSTRATION NAJI柳田

異世界転生してみたら"卵"だったけど、
〖最強〗目指して頑張りますっ!

目が覚めると、そこは見知らぬ森だった。どうやらここは俺の知らないファンタジー世界らしい。

周囲を見渡せば、おっかない異形の魔獣だらけ。

自分の姿を見れば、そこにはでっかい卵がひとつ……って、オイ! 俺、卵に転生したっていうのかよっ!?


魔獣を狩ってはレベルを上げ、レベルを上げては進化して。

人外転生した主人公《イルシア》の楽しい冒険は今日も続く——!

コミカライズ
好評連載中!
2億2000万PVの
大人気人外転生ファンタジー!
転生したらドラゴンの卵だった
1
2
3
4
5
最新刊!
6
7
8
9
10

EARTH STAR NOVEL

優しさしか取り柄がない僕だけど、幻の超レアモンスターを助けたら懐かれちゃったみたい

発行 ―――― 2019年9月14日　初版第1刷発行

著者 ―――― ねこ鍋

イラストレーター ―――― 日向あずり

装丁デザイン ―――― 冨永尚弘（木村デザイン・ラボ）

発行者 ―――― 幕内和博

編集 ―――― 今井辰実

発行所 ―――― 株式会社 アース・スター エンターテイメント
〒141-0021　東京都品川区上大崎 3-1-1
目黒セントラルスクエア　5F
TEL：03-5561-7630
FAX：03-5561-7632
https://www.es-novel.jp/

印刷・製本 ―――― 図書印刷株式会社

ISBN 978-4-8030-1340-5